KB114168

임영기 **新무협 판타지 소설**
FANTASTIC ORIENTAL HEROES

와룡봉추

와룡봉추 20

임영기 新무협 판타지 소설

초판 1쇄 찍은 날 § 2020년 7월 22일
초판 1쇄 펴낸 날 § 2020년 7월 29일

지은이 § 임영기
펴낸이 § 서경석

총괄팀장 § 노종아
편집책임 § 강서희

펴낸곳 § 도서출판 청어람
등록번호 § 제387-1999-000006호
등록일자 § 1999. 5. 31
어람번호 § 제2-2839호

주소 § 경기도 부천시 부일로 483번길 40 서경B/D 3F (우) 14640
전화 § 032-656-4452 팩스 § 032-656-4453
http://www.chungeoram.com
E-mail § chungeorambook@daum.net

ⓒ 임영기, 2019

ISBN 979-11-04-92225-1 04810
ISBN 979-11-04-91921-3 (세트)

※ 파본은 구입하신 서점에서 교환하여 드립니다.
※ 저자와 협의하여 인지를 붙이지 않습니다.
※ 이 책은 도서출판 청어람과 저작자의 계약에 의해 출판된 것이므로,
　무단 전재 및 유포·공유를 금합니다.

20

와룡봉추

임영기 新무협 판타지 소설

FANTASTIC ORIENTAL HEROES

와룡봉추

目次

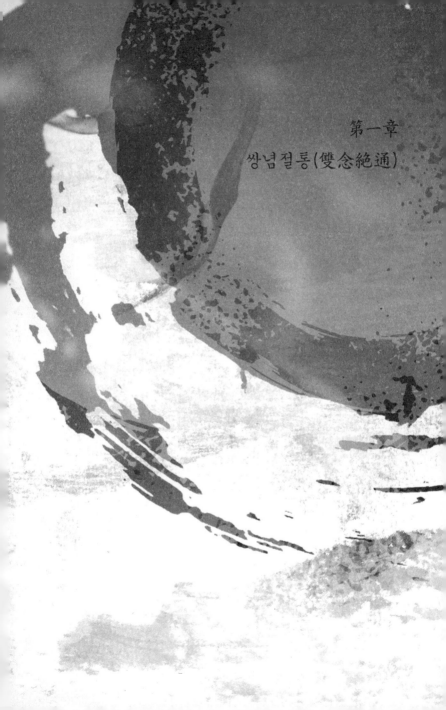

第一章

쌍념절통(雙念絶通)

　실내에는 화운룡과 옥봉, 항아, 연종초, 그리고 주천곤과 사유란, 화명승, 임격이 탁자에 둘러앉아 있다.

　화운룡이 긴히 할 말이 있다고 이 자리를 마련했기 때문에 옥봉과 항아, 연종초를 제외한 사람들은 자못 긴장한 표정으로 화운룡을 주시하고 있다.

　화운룡은 옥봉과 항아, 연종초와 이 문제에 대해서 진지하게 의논을 했으므로 그녀들은 이미 이어질 얘기에 대해서 잘 알고 있었다.

　화운룡이 주천곤에게 두 손을 모으고 정중하게 말했다.

"아버님께 간곡한 부탁이 있습니다."

주천곤은 진지하게 말했다.

"자네의 부탁이라면 내 목숨이라도 아깝지 않으이. 무엇이든 말하기만 하면 내 그대로 실행함세."

두 사람의 대화가 심각하고 진지한 터라서 화명승과 임격, 사유란은 자못 긴장했다.

화운룡은 더욱 공손한 자세를 취했다.

"아버님, 황제가 되어주십시오."

순간 주천곤 얼굴에 커다란 놀라움이 가득 떠올랐다. 그런 표정은 화운룡이 그런 부탁을 할 것이라고 추호도 예상하지 못했음을 증명하고 있었다.

주천곤은 화운룡이 한 말을 머릿속으로 되뇌면서 심장에 화살이 꽂힌 것처럼 중얼거렸다.

"그게… 무슨 말인가?"

"아버님께 이 땅의 황제가 되어달라고 말씀드리는 것입니다."

"대명제국은 멸망했잖은가?"

주천곤은 물론이고 화명승과 임격, 사유란까지 아무도 화운룡의 말을 이해하지 못했다.

"명나라는 멸망했지만 대륙에 새로운 국가가 탄생할 것입니다. 그 나라를 대명제국이라고 하든 뭐라고 하든 상관없습니다. 하지만 이 땅에 세워질 새로운 나라의 황제는 아버님께서 돼주셔야겠습니다."

"도대체 이게 무슨……."

주천곤은 영문을 알 수 없다는 듯 고개를 가로저었다.

몇 년 전까지 팔십만황군총교두였던 임격이 미간을 좁히고는 화운룡에게 물었다.

"화천, 알다시피 대륙은 천신국이 지배하고 있네. 대명제국은 더 이상 존재하지 않네."

미래에 임격과 친구들이 화운룡에게 지어준 별호가 화천공이라서 임격은 화운룡을 화천이라고 부른다.

"천신국 여황에게 약속을 받아냈소. 이 땅의 황제를 내가 추대하기로 말이오."

"천신국 여황에게 말인가?"

"그렇소. 나는 그녀와 손을 잡았소."

다들 크게 놀라면서도 궁금한 표정을 지었다.

이번에는 주천곤이 물었다.

"손을 잡았다는 것은 무슨 뜻인가?"

"제가 여황을 도와주면 그녀가 이 땅에 세워질 나라를 저에게 할양하기로 약속했습니다."

"오오……."

"그런 일이……."

주천곤과 화명승, 임격은 크게 놀라고 또 감탄했다.

임격이 진지한 표정으로 물었다.

"화천 자네가 여황의 무얼 돕는다는 것인가?"

"거기에 대해서 여러분께 드릴 말씀이 있습니다."

화운룡은 천신국의 반역 세력인 천황파에 대해서 자세하게 설명했다.

"여황을 도와서 천황파를 토벌하면 천하에 대한 전권을 넘기겠다고 했습니다."

화운룡은 한 가지 덧붙였다.

"여황의 조건이 하나 있습니다. 천신국 백성들을 이 땅에서 살 수 있도록 받아주는 것입니다."

주천곤이 물었다.

"천신국 백성이 얼마나 되는가?"

연종초가 이어전성으로 화운룡에게 가르쳐 주었다.

[사천칠백만 명이며 그중에서 절반 정도는 천신국에서 살기를 원해요.]

"천신국 전체 백성은 사천칠백만 명 정도인데 그중에서 절반이 중원에서 살게 될 것입니다."

주천곤은 고개를 끄떡였다.

"그 정도라면 문제없네. 다른 요구는 없나?"

"천신국 백성들을 박해하지 말고 중원인들과 어울려서 평화롭게 살게 하는 것입니다."

"당연히 그래야지."

화명승이 처음으로 입을 열었다.

"그런데 천여황이 약속을 지키지 않으면 어떻게 하느냐? 그녀가 약속을 지킬 거라고 어떻게 믿지?"

임격은 고개를 끄떡이며 심각한 표정을 지었다.

"충분히 그럴 가능성이 있네."

"그녀는 약속을 지킬 겁니다."

화운룡의 말에도 주천곤과 화명승, 임격, 심지어 사유란까지 회의적인 표정을 지었다.

임격이 물었다.

"화천, 천여황이 그 약속을 지킬 것이라고 어떻게 장담하는가? 어떤 특별한 장치라도 해두었나?"

"그런 건 없지만 그녀는 약속을 지킬 것이오."

"아무런 장치가 없는데도 말인가?"

"그렇소."

화운룡은 대답을 하면서 이 일을 이들에게 이해시키는 것이 쉽지 않겠다는 생각이 들었다.

이들은 화운룡이 아니라 천여황을 믿지 못하는 것이다. 또한 화운룡이 어리숙하게 천여황의 말을 덜컥 믿어버린 것이 아니냐고 염려하는 것이다.

임격이 굳은 표정으로 고개를 절레절레 가로저었다.

"너무 위험하네. 천여황을 도와서 천황파를 괴멸시킨 후에 그녀가 배신을 한다면 우린 엄청난 피해를 입은 채 누구에게 하소연할 수도 없네."

화명승도 고개를 끄떡이며 동조했다.

"천여황이 토사구팽하지 않는다고 어떻게 보장하겠느냐?"

토사구팽. 제 할 일을 다한 개를 나중에는 삶아서 먹는다는 뜻이다.

연종초는 입술을 잘근잘근 깨물면서 뭔가 하고 싶은 말을 꾹꾹 눌러 참았다.

화운룡은 강수를 두었다.

"제가 하는 말을 액면 그대로 믿어주시면 안 되겠습니까?"

잠시 무거운 침묵이 흘렀다.

그러고는 무림이나 정치에 대해서 잘 모르는 사유란이 제일 먼저 힘껏 고개를 끄떡였다.

"저는 용청을 믿어요."

곧이어 주천곤도 묵직하게 고개를 끄떡였다.

"나도 자네를 믿네."

주천곤이 믿겠다는데 화명승이나 임격으로선 왈가왈부 더할 말이 없다.

화명승이나 임격도 화운룡을 믿는다. 다만 일이 워낙 막중

한 터라서 매사 안전한 것이 좋기 때문이다.

주천곤이 진중하게 말했다.

"이제 어찌할 텐가?"

"준비를 해야죠."

"내가 도울 일이 있나?"

사실 지금 시점에서 주천곤이 할 일은 없다. 그는 잠자코 있다가 이 땅에 세워질 새로운 제국의 황제의 위에 오르기만 하면 된다.

화운룡은 정중하게 말했다.

"아버님께선 이제부터 장차 황위에 오르실 때 신하들과 장군들에 누굴 임명할지 궁리해 두십시오."

"음, 그러겠네."

"또한 황위에 오르셔서 어떤 정책을 펼칠지에 대해서도 여러모로 생각하세요."

"오늘부터 매진하겠네."

주천곤은 진지한 표정으로 주먹을 힘껏 쥐었다.

야말이 달려 들어와서 화운룡에게 서찰을 내밀었다.

"폐하."

화운룡은 옥봉, 항아, 연종초, 명림을 비롯한 측근들과 상의를 하고 있다가 야말이 전해준 서찰을 받아 들었다.

"동절내신군께서 보낸 서찰입니다."

화운룡은 옥봉을 찾으러 천신국에 갔을 때 몇 사람에게 도움을 받았는데 그때 동절내신군 도호반과 그의 최측근 존동일왕 사라달을 알게 되었다.

만약 그 두 사람의 도움이 아니었으면 화운룡은 천신국에서 큰 어려움을 겪었을 것이다.

또한 그들은 화운룡 덕분에 천황파의 존재를 알게 되었으며 여황 연종초를 끝까지 따르는 충신이기도 했다.

화운룡이 서찰을 읽는 모습을 세 명의 부인과 측근들이 조용히 지켜보았다.

그런데 서찰을 읽고 있는 화운룡의 얼굴이 점점 굳어지자 세 명의 부인과 측근들은 불안한 표정을 지었다.

이윽고 화운룡은 다 읽은 서찰을 말없이 연종초에게 건네주었다. 그녀가 천신국의 여황이니까 두 번째로 읽어야 한다고 생각했다.

서찰을 읽고 있는 연종초의 표정은 조금 전 화운룡보다 훨씬 더 굳어졌다.

연종초가 읽고 난 서찰을 옥봉과 항아가 같이 읽었고, 이후 측근들이 돌아가면서 읽었다.

모두들 서찰을 읽고 있는 동안 화운룡과 연종초, 옥봉, 항아 등은 심각한 표정으로 침묵을 지켰다.

서찰의 글은 길지 않았지만 그것이 지니고 있는 내용은 엄청난 충격을 담고 있었다.

동천국의 이인자인 동절내신군 도호반이 천신국 내의 정세에 대해서 전서구로 알려온 바에 의하면 천황이 천신국을 완벽하게 장악했다는 것이다.

무엇보다도 놀랍고 중요한 내용은 오천 명의 흑천성군과 삼만 명의 강령혈대가 은밀하게 존재하고 있는 사실을 도호반이 알아냈다는 사실이다.

대저 흑천성군이 무엇이고 강령혈대가 또 무엇인지 화운룡 등은 너무도 잘 알고 있다.

불과 며칠 전에 이곳에 들이닥친 흑천성군 천 명 때문에 화운룡과 여자들 일룡십봉이 얼마나 큰 고생을 했었는가.

흑천성군 천 명으로 한 나라를 무너뜨릴 수 있다는 말을 화운룡 등 일룡십봉은 뼈저리게 체험했었다.

그런데 동절내신군 도호반이 보낸 서찰에는 그런 흑천성군이 무려 오천 명이나 더 있다는 것이다. 그것은 다섯 개 나라를 붕괴시킬 위력을 지니고 있다는 뜻이다.

또한 한때 옥봉과 자봉은 천신국 악마도에 끌려가서 여러 종류의 악독한 수법에 의해서 강시가 됐었는데 그것이 바로 강령혈대다.

강령혈대 각자의 공력은 평균 사 갑자, 이백사십 년 수준이며 오금마극과 천외오신극, 그리고 천마혈옥강이라는 천신국의 절세적인 절학을 배웠다.

그런데 천황파가 그런 강령혈대를 삼만 명이나 보유하고 있다고 한다.

그뿐이 아니다. 천신국에는 천외신군이라는 정규 병력이 있으며 그 수가 백만에 달한다.

천신국이 중원천하를 정벌할 때 전 고수와 군사들을 총동원했었으나 중원을 정벌한 이후에 거의 대부분 천신국으로 되돌려 보냈었다.

연종초는 고개를 절레절레 가로저었다.

"흑천성군을 오천 명이나 양성하고 강령혈대를 삼만 명이나 만들어냈다는 것은 불가능한 일이에요."

"어째서 그렇게 생각하는 거지?"

"흑천성군을 완성시키려면 아무리 빨라도 십오 년 이상의 세월이 소요돼요. 더구나 삼만 명의 강령혈대라니… 강령혈대는 산 사람을 강시로 만드는 것인데 천신국에서 그렇게 많은 사람들이 한꺼번에 사라졌다면 온 나라가 발칵 뒤집어졌을 거예요. 그러니까 천첩이 모를 리가 없어요."

"그렇다면 이곳을 공격했던 천 명의 흑천성군은 뭐라고 설명을 할 거냐?"

연종초는 아미를 찌푸렸다.

"천첩은 그걸 이해할 수가 없어요. 최소한 십오 년 이상 양성해야만 하는 흑천성군이 어떻게 존재하는 것인지를요."

"네가 봤을 때 우리가 상대했던 그놈들은 흑천성군이 맞는 것 같으냐?"

"그들은 흑천성군이 분명했어요."

"그렇다는 거지?"

"네."

화운룡은 뭔가 생각하는 얼굴로 고개를 갸웃거렸다.

항아가 조심스럽게 입을 열었다.

"이제 어떻게 하죠?"

그건 이곳의 모든 사람들이 화운룡에게 묻고 싶은 말이었다.

화운룡은 조금 더 생각에 잠기다가 연종초에게 물었다.

"종초, 연조음이 너의 둘째 언니냐?"

"네."

연종초는 착잡한 표정으로 대답했다.

"큰언니도 있느냐?"

"그녀 이름은 연분홍(淵雰虹)이며 미래의 연신가에서 태상호법이었고 현재 미래에 있어요."

"그녀가 미래에 있는 것이 분명하느냐?"

"분명해요. 미래의 사람을 과거로 불러오는 것은 천첩만이 가능해요."

화운룡은 미간을 좁혔다.

　"너는 어떤 방법으로 미래에서 과거로 왔느냐?"

　옥봉과 자봉, 항아, 명림 등은 귀를 곤두세우고 두 사람의 대화에 집중했다.

　그녀들은 화운룡이 미래에서 왔다는 사실은 익히 알고 있었지만 설마 연종초까지 미래에서 왔을 것이라고는 생각하지 못했었다.

　더구나 지금은 두 사람이 미래에서 과거로 회귀하는 방법에 대해서 말하고 있으므로 잔뜩 호기심이 생기는 것은 당연한 일이다.

　"쌍념절통이에요."

　"역시……."

　화운룡은 고개를 끄떡였다.

　　　　　*　　　　　*　　　　　*

　그는 우화등선을 시도했다가 과거로 오게 되었는데 나중에 장하문에게 그것이 쌍념절통이었다는 말을 들었다.

　쌍념절통이란 두 사람의 간절한 원(願)이 서로에게 이어지고 그들이 우연하게도 한날한시에 원하지 않는 죽음을 맞이하게 되면 극적으로 통한다는 뜻이다.

말하자면 내가 원하는 게 너한테 있고, 네가 원하는 게 나한테 있는데 하필 둘이 억울한 일로 같은 시간에 죽으면 념(念)이 상통한다는 얘기다.

화운룡의 경우에는 십절무황 화운룡이 원하는 것이 개망나니 화운룡에게 있고, 개망나니 화운룡이 원하는 것이 십절무황 화운룡에게 있었던 것이다.

과거로 회귀한 화운룡이 장하문을 만났을 때 그가 해준 말이 있다.

"나는 장차 주군을 모시게 되고 내가 그분보다 먼저 죽게 된다면 그분에게 우화등선을 권하려고 했소. 내가 공부한 쌍념절통의 원리가 맞는다면 주군께서는 먼 과거의 위기에 처한 자신의 몸으로 들어갈 수도 있지 않을까 기대했었소."

화운룡은 연본교를 처다보고 물었다.
"본교, 너도 미래에서 왔느냐?"
연본교는 공손히 허리를 굽혔다.
"그렇습니다."
"미래에서 온 사람은 또 누가 있지?"
"연조음입니다."
"음, 그렇다면 세 사람이로군."

옥봉과 항아, 자봉, 명림 등은 놀란 얼굴로 연본교를 쳐다보았다. 그녀들은 화운룡과 연종초만 미래에서 온 줄 알았었다.

"그렇다면 너는 쌍념절통을 인위적으로 만들어내서 미래에서 과거로 오는 것인가?"

연종초는 감탄하는 표정을 지었다.

"그걸 어떻게 아셨어요?"

그녀는 화운룡이 거기까지 짐작해 낼 줄은 몰랐다.

"한 명이라면 어쩌다가 우연하게 과거로 올 수가 있겠지만 세 명이라면 쌍념절통의 상황을 인위적으로 만들어내야지만 가능하지 않겠느냐?"

"역시 서방님은 총명하세요."

화운룡은 진지하게 말했다.

"그렇게 하는 것이 너만 가능하다는 말이지?"

"그 방법을 천첩이 찾아냈으니까요."

화운룡은 고개를 갸웃거렸다.

"그 말은 네가 아니면 미래에서 연신가 사람이 과거로 올 수 없다는 뜻이로군."

"당연하죠."

"그런데 나는 어째서 네 큰언니 연분홍이 너의 도움 없이 과거로 왔을 것이라는 생각이 들지?"

"태상호법이 말인가요?"

"그래."

연종초는 고개를 설레설레 가로저었다.

"그럴 리가 없어요. 태상호법은 천첩이 보고 있는 면전에서 죽었어요."

"절대적인 것은 없다."

연종초는 말을 잇지 못했다. 그녀가 여덟 살 때 죽었다고 철석같이 믿었던 어머니가 살아 있으며 그녀가 배후에서 이 모든 것들을 다 조종했다는 사실을 연본교의 입을 통해서 들었기 때문이다.

그러므로 절대적인 것은 없다는 화운룡의 말이 맞다. 큰언니 연분홍이 살아 있다고 해도 이상한 일이 아니다.

"나는 연분홍과 연조음은 한패이며 네 어머니 연파란의 명령을 받고 있다고 생각한다."

"태상호법이 죽지 않고 살아서 말이죠?"

"태상호법이 죽은 게 언제였느냐?"

"미래에서 천첩이 오십칠 세 때였어요. 태상호법이 죽어서 장례까지 후하게 치렀어요."

"만약 연분홍이 과거에 왔다면 이십일 년이 지났을 거라는 얘기가 되는군."

연종초는 크게 놀라는 표정을 지었으나 아무 말도 하지 않고 듣기만 했다.

"종초 네가 오기 전에 네 모친과 연분홍이 과거로 와서 일을 꾸미고 있었던 것 같다."

그래야지만 오천 명의 흑천성군과 삼만 명의 강령혈대를 양성한 것이 납득이 간다.

한동안 아미를 잔뜩 찌푸린 채 곰곰이 생각하던 연종초는 이윽고 무겁게 고개를 끄떡였다.

"제 생각도 그런 것 같아요."

대답하고 나서 그녀는 연본교를 쳐다보았다.

연종초는 화운룡이 잠령백혼술로 심지를 제압한 연본교의 입을 통하여 그녀와 모친 연파란이 어떤 관계인지에 대해서 알게 되었다.

연본교는 과거로 회귀되기 전에 연파란으로부터 연조음을 도우라는 명령을 받았었다.

"그렇다면 연파란은 과거와 미래를 자기 마음대로 오가는 능력이 있다는 거로군요."

연종초는 자신의 친어머니를 연파란이라고 이름을 불렀다. 그만큼 그녀를 증오한다는 뜻이다.

"그렇다고 봐야지."

화운룡과 연종초는 연파란이 연종초보다 칠 년 뒤늦게 과거로 회귀한 것으로 알고 있었다. 연본교가 그렇게 알고 있었기 때문이다.

그런데 사실은 연파란이 연종초보다 더 일찍 과거로 회귀했을 뿐만 아니라 미래로 여러 차례 오가면서 일을 꾸몄던 것이 분명하다.

연종초는 착잡한 표정을 지었다.

"연파란이 왜 그런 짓을 했을까요?"

그녀의 착잡한 표정이 답답함으로 바뀌었다.

"고구려를 비롯한 천신국의 다섯 민족이 중원인들과 섞여서 평화롭게 사는 것이 어째서 싫은 거죠?"

화운룡은 잔잔한 목소리로 말했다.

"어쩌면 연파란은 멸망한 고구려의 복수를 하고 싶었는지 모르겠군. 그래서 중원천하 위에 군림하면서 두고두고 중원인들을 괴롭히고 싶었던 게야."

"그런가요?"

"연파란은 처음부터 널 도구로만 이용하려고 생각했던 게 분명해. 어쩌면 자식 모두를 도구로 이용하려는 것인지도 모르지. 그녀는 도구로 이용하기 위해서 자식들을 낳은 것 같군."

연종초의 얼굴에 쓸쓸함이 떠올랐다.

"남자 형제는 없느냐?"

연종초는 고개를 가로저었다.

"없어요."

그렇게 대답했다가 그녀는 씁쓸한 표정을 지었다.

"천첩이 알기로는 말이죠."

"남자 형제가 있을 수도 있겠군."

자봉이 심각한 표정을 지었다.

"천황파가 천신국을 완전히 장악했으니까 머지않아서 중원으로 쳐들어오겠군요."

화운룡 옆에 앉은 옥봉이 연종초에게 물었다.

"종초, 천신국 세력이 얼마나 될까?"

"혹천성군 오천, 강령혈대 삼만, 정예고수 십만, 천외신군 팔십만이에요."

명림이 옥봉에게 공손히 말했다.

"대주모, 네 명의 초후에게서는 아직 이렇다 할 보고가 없으며 명나라 군대는 해산되었기에 믿을 만한 곳은 화북대련 하나뿐입니다."

며칠 전에 이곳을 다녀간 네 명의 초후들은 자신들의 휘하에서 천황파를 색출하고 나서야 휘하 세력을 재정비할 수 있을 것이다.

그리고 천신국이 중원을 제패했을 때 제일 먼저 한 일이 대명제국의 군대를 해산하는 것이었다.

소림사와 무당파 등 내로라하는 여섯 개 문파가 천외신계로부터 무림을 구하겠다고 결성했던 구림육파는 화운룡이 대주는 지원금 황금 수백만 냥만 까먹고 해산해 버렸다.

마지막으로 남은 것이 화북대련인데 말 그대로 화북 지방인 하북성과 산동성, 산서성, 열하성을 천외신계로부터 지키기 위해서 결성된 지역 무림맹이다.

화운룡은 화북대련에도 금전적인 지원을 해주고 있으며 그곳에서 중추적인 지위에 있는 몇 사람과 깊은 친분이 있으므로 그가 같이 싸우자고 한다면 거절하지는 않을 것이다.

또한 화북대련 련주를 맡고 있는 북궁연이라는 청년이 사신천가 중에 청룡전가 사람이므로 당연히 중원 무림을 위해서 천황파와 싸워줄 것이다.

명림과 나란히 앉아 있는 명상이 화운룡을 보며 조심스럽게 의견을 내놨다.

"무림군웅들을 모으는 것이 어떤가요?"

좋은 의견인 것 같아서 다들 화운룡을 쳐다보며 그의 말을 기다렸다.

화운룡은 진지한 표정을 지었다.

"우리가 어떤 노력을 쏟는다고 해도 천황파의 중원 재침공을 막을 수는 없다."

중인은 고개를 끄떡였다.

"방법은 하나, 천황파 우두머리를 죽이는 것이다."

모두 깜짝 놀라는 표정을 지었지만 곧 그 방법뿐이라는 것에 공감했다.

"연파란이든지 연조음이나 연분홍을 모두 죽이고 나면 천황파는 자연히 와해될 거야."

천황파는 이미 모든 준비를 마쳤는데 화운룡이 이제부터 천황파를 상대할 준비를 한다면 너무 늦다.

그러나 연파란과 연조음, 연분홍을 죽이는 일이 말처럼 결코 쉽지 않을 것이다.

화운룡은 두 팔을 활짝 벌려서 자신의 좌우에 앉아 있는 옥봉과 항아, 연종초를 그러안았다.

"우리가 직접 천신국으로 가자."

명림과 손설효, 연본교 등은 깜짝 놀랐다.

"네 분만 가신다고요?"

"어쩔까 생각 중이다."

자봉이 급히 옥봉과 찰싹 붙으면서 그녀의 손을 잡았다.

"절 떼어놓고 갈 생각일랑 꿈에도 하지 마세요."

화운룡이 무슨 말을 하려는데 자봉이 손가락을 뻗어 그의 입술에 세로로 갖다 붙였다.

"저 용공에게 부탁할 거 하나 남았죠?"

흑천성군과 싸우다가 극심한 중상을 입은 자봉을 화운룡이 치료하는 과정에 그녀의 얼토당토않은 요구가 있었다.

자신의 나신과 은밀한 부위를 치료하려면 반드시 부탁 한 가지를 들어줘야 한다는 거였다.

치료가 끝난 직후 그녀는 부탁을 써먹겠다면서 화운룡의 네 번째 부인이 되겠다고 당찬 포부를 밝혔다가 일언지하 거절을 당했었는데 그 부탁을 또다시 꺼내든 것이다.

"전 무조건 용공 따라갈 거예요. 알았죠?"

화운룡이 자봉의 부탁에 대해서 대답하기도 전에 선봉과 한봉이 손을 꼭 잡은 채 발딱 일어나며 외쳤다.

"저희는 반드시 데려가셔야 해요!"

"어째서?"

"저희는 사부님의 제자잖아요!"

명림과 손설효도 벌떡 일어섰다.

"속하들은 무황십이신인데 가야 합니까? 말아야 합니까?"

그러더니 연군풍은 연종초의 제자니까 반드시 따라가야 한다고 목청을 높이고, 연본교는 연종초의 우호법이므로 곁에서 모시지 못하면 차라리 죽는 것이 낫다고 더없이 슬픈 얼굴로 말했다.

좌중의 사람들이 하나같이 화운룡을 따라가겠다고 나선 것은 아니다.

와룡봉추도 휘하 해룡검대주가 된 조무철과 역시 와룡봉추도 휘하로 들어온 아미파 장문인 명상은 자신들이 이곳을 굳건하게 잘 지키고 있겠다고 각오를 밝혔다.

자정 즈음에 화운룡은 세 명의 부인을 운룡재 삼 층 침실로 데리고 들어갔다.

"너희들과 할 일이 있어."

화운룡이 옥봉과 항아, 연종초를 침상에 앉히고 나서 말하자 그녀들은 부끄러워서 얼굴을 붉혔다.

화운룡이 말한 '할 일'이라는 것이 사랑을 나누는 것이라고 오해한 것이다.

어젯밤에도 그랬었기 때문에 세 여자가 그렇게 생각하는 것도 무리가 아니었다. 더구나 침상에서 네 사람이 함께 할 일이 뭐가 있겠는가.

총명함으로 논하면 어떤 여자도 비교할 수 없을 정도인 옥봉과 연종초마저도 부끄러워서 가슴을 두근거리며 화운룡을 아련하게 바라보았다.

철썩!

"무슨 생각을 하는 것이냐?"

화운룡은 양손으로 옥봉과 연종초의 엉덩이를 가볍게 때리며 꾸짖었다.

그의 표정이 엄숙해졌다.

"연파란 등을 상대하기 위해서는 우리가 지금보다 좀 더 강해질 필요가 있어."

"네."

"그렇죠."

비로소 세 여자의 표정이 진지해졌다.

연종초가 미간을 좁혔다.

"연조음은 천첩과 비슷한 수준이라는 걸 알겠는데 연분홍과 연파란의 무공수위는 모르겠어요."

"두 여자는 최소한 연조음보다 상위라고 봐야겠지."

침상에 있는 네 사람 중에서 화운룡이 가장 고강하고 그다음이 연종초. 세 번째가 항아, 그리고 옥봉이 최하위다.

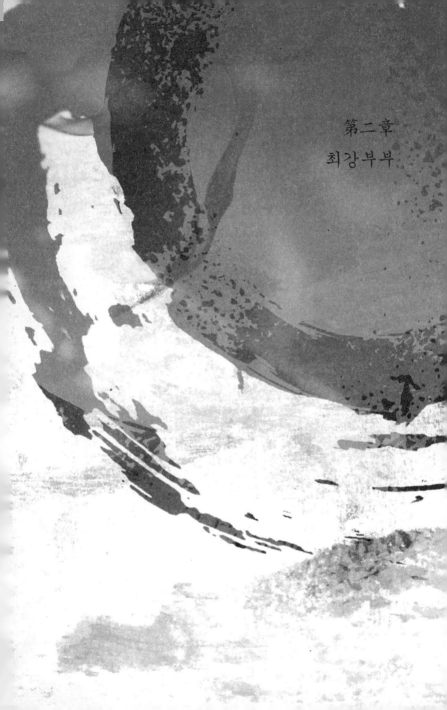

第二章
최강부부

　화운룡과 세 명의 부인은 자신들이 단시일 내에 지금보다 조금이라도 더 고강해질 수 있는 방법을 짜내느라 머리를 맞대고 의논을 했다.

　어떻게 해서든지 연파란과 연분홍, 연조음 세 명만 죽이면 엄청난 희생이 벌어질 전쟁을 막을 수 있기 때문이다.

　그렇다고 무턱대고 그녀들을 찾아 나서서 싸울 수는 없다. 연파란을 비롯한 세 명의 여자들과 싸워서 이긴다는 확실한 승산이 없기 때문이다.

　더구나 세 여자가 아무도 없는 허허벌판에서 화운룡을 기다려 주는 것도 아니다. 그녀들에게 도달하려면 무수한 장벽을 뚫어야만 할 것이다.

그래서 네 사람은 한 시진 동안 궁리를 해봤지만 언제나 결론은 하나로 귀결됐다.

즉, 양체합일을 하는 것이다. 화운룡이 누군가와 몸을 밀착시켜서 두 사람의 공력을 하나로 합치는 것이 양체합일의 수법인데, 그것을 조금 더 발전시켜서 네 사람이 하는 방법이 없을까 고민했다.

말하자면 화운룡과 옥봉, 항아, 연종초 네 사람이 한꺼번에 합체하는 방법 같은 것을 궁리해 봤지만 아무리 끙끙거려도 해답이 나오지 않았다.

만약 하려고만 든다면 네 사람이 한 덩이가 되는 이른바 사체합일(四體合一)이라는 것을 못 할 것도 없겠지만, 말이 사체합일이지 네 사람이 한 덩이로 뭉쳐 갖고서는 제대로 움직일 수나 있겠는가.

자정이 훨씬 넘은 시각인데도 잠을 이루지 못하고 방법을 궁리하고 있는 네 사람은 침상 위에서 제각기 편한 자세를 취하고 있었다.

커다란 침상 위 한쪽에서 옥봉은 꼿꼿한 자세로 앉아 있으며, 화운룡은 침상 한가운데 비스듬히 기대어 누워 있고 그의 양쪽에 항아와 연종초가 팔베개를 하고 서로 마주 보는 자세로 누워 있다.

항아와 연종초는 팔로 화운룡 가슴을 안고 다리를 그의 하체에 얹은 자세이기는 하지만 머릿속에는 온갖 생각들이 가득 들어차 있었다.

화운룡은 앞쪽 벽과 천장이 맞닿는 곳을 뚫어지게 주시하면서 골똘히 생각에 잠긴 모습이다.

가장 고강한 자신들 네 사람의 공력을 합쳐야 하는데 도대체 어떻게 합쳐야 할지 도무지 방법이 떠오르지 않았다.

공력이라는 것은 누가 주겠다고 해서 덥석 받을 수 있는 것이 아니다.

공력이란 바람 같고 공기 같은 것이라서 사용하는 순간 이외에는 단전에만 고스란히 저장되어 있다.

그러니까 타인의 공력을 내 것처럼 사용하려면 단전을 공유하는 수밖에 없다.

그렇다고 해서 옥봉이나 항아, 연종초가 '내 공력 받으세요' 하면서 화운룡의 명문혈에 쌍장을 밀착시키고 공력을 주입시켜 줄 수는 없다.

그렇게 하면 외부에서 들어온 공력이 일시적으로 화운룡의 공력과 합쳐지기는 하겠지만 명문혈에서 쌍장을 떼는 순간 유입되던 공력도 같이 사라지고 만다.

"용공."

옥봉이 화운룡 옆으로 다가왔다.

화운룡은 목소리만으로도 옥봉이 뭔가 방법을 찾아냈다는 사실을 알아차렸다.

"봉애, 뭐지?"

화운룡이 비스듬하게 누운 채 묻자 옥봉은 마주 보는 자세로 그의 몸 위에 올라와 엎드리고는 말끄러미 그의 얼굴을 바라보았다.

"시도해 볼 만한 방법이 하나 생각났어요."

"말해봐."

"저희들 공력을 용공께 드리는 거예요. 저희 각자가 이백 년 정도의 공력을 드리면 좋겠어요."

화운룡은 고개를 가로저었다.

"그렇게 많이는 필요하지 않아. 각자 백 년씩만 나눠주면 그걸로 충분해."

현재 화운룡의 공력이 팔백 년 정도 수준이니까 세 명의 부인에게서 공력을 백 년씩만 받을 수 있어도 무려 천백 년 공력이 된다.

천 년 공력이라는 것은 무림사를 통틀어 어느 누구도 이루지 못했던 엄청난 금자탑이다.

그 정도만 되어도 천신모 연파란이나 연분홍, 그리고 천황 연조음까지 능히 상대할 수 있을 것이다.

화운룡은 자신의 몸 위에 엎드린 옥봉의 뺨을 두 손으로 잡고 살짝 입을 맞추었다.

"어떻게 하는지 방법을 말해봐."

화운룡은 잠든 지 불과 한 시진 만에 잠에서 깼다.

자신이 무려 천백 년에 달하는 어마어마한 공력을 지니게 됐다는 사실 때문에 흥분하여 저절로 눈이 떠진 것이다.

침상 위에는 이불을 덮지 않은 화운룡과 세 여자가 한 덩이로 뒤엉겨서 누워 있는 광경이 펼쳐져 있다.

모두 옷을 입지 않은 모습이며 옥봉과 항아, 연종초는 깊은 잠에 빠져 있다.

화운룡은 부인들이 깨지 않도록 조심스럽게 그녀들의 몸을 치우고 침상에서 내려와 옷을 입었다.

옷을 다 입은 그는 침상 위에 서로 엉겨서 잠들어 있는 아리따운 세 명의 부인을 물끄러미 바라보다가 빙그레 엷은 미소를 머금었다.

지난밤에 옥봉이 화운룡에게 제시한 방법은 그가 부인들과 관계를 하는 동안 해령경력을 발휘하여 부인의 단전에 응축되어 있는 공력을 그에게 전해준다는 것이었다.

해령경력은 심심상인과 심지공이 합쳐진 놀라운 수법이다.

그리고 실제로 실행을 해본 결과 놀랍게도 옥봉이 제시한 방법이 들어맞았다.

제일 먼저 관계를 한 옥봉의 백 년 공력이 고스란히 화운룡에게 전해진 것이다.

그렇게 화운룡은 세 여자와 관계를 하여 각각 백 년씩 도합 삼백 년의 공력을 흡수했다.

무림에서의 백 년 공력은 굉장한 것이다. 세 명의 부인은 그에게 백 년씩이라는 공력을 아낌없이 주고서 한 점 티 없이 해맑은 모습으로 저렇게 자고 있는 것이니 그가 보기에 얼마나 예쁘고 기특하겠는가.

이른 새벽의 운공조식을 마친 화운룡은 내일 아침 일찍 혼자 길을 떠나기로 마음먹었다.

공력이 천백 년으로 급증되었으니까 이제는 천하에 무서운 것이 없다.

옥봉을 비롯한 세 명의 부인들과 측근들을 데리고 가서 위험에 빠지게 하고 또 고생을 시키느니, 혼자 천신국에 가서 연파란 등 세 여자를 죽이고 오면 그만인 것이다.

공력을 전해주는 기발한 방법을 생각해 낸 옥봉은 참으로 총명한 여자다.

그녀가 그 방법을 생각해 내지 못했다면 화운룡은 아직까지도 머리를 싸맨 채 끙끙 앓고 있을 것이다.

천신국으로 가는 길에 화북대련 총련에 들러서 련주 북궁 연과 팽일강 등 중요 인물들을 만나 혹시 있을지 모를 천황파 의 중원 재침공에 대한 대비책을 의논할 생각이다.

그러고 나서 광덕왕 주헌결을 만나 일이 어떻게 진행되고 있는지 경과를 확인할 것이다.

예전에 화운룡이 옥봉의 행방을 찾기 위해서 자금성에 갔 을 때 허수아비 노릇을 하고 있던 주헌결은 천신국에 의해서 쫓겨난 장군과 장수들을 찾아내서 설득하겠다고 자신의 계획 을 은밀하게 밝혔었다.

그래서 화운룡이 주헌결에게 힘을 실어주려고 그를 화북대 련 사람들과 연결해 주었는데 그때 화북대련 련주라는 북궁 연과 주작운검 은예상을 만났었다.

주헌결을 만나면 옛 명나라 장군과 장수들을 얼마나 설득 하여 규합했는지 알아볼 것이다.

지휘자인 장군과 장수들을 설득하면 군사들은 자연히 모여 들게 되어 있다.

그것은 여왕벌 주위로 무수한 일벌들이 모여드는 것과 같 은 이치다.

주헌결이 장군과 장수들을 모으는 일이 순조롭게 진행됐다 면 그에게 친형인 주천곤이 새로운 제국의 황제에 등극할 것 이므로 적극적으로 도우라고 부탁할 생각이다.

주헌결은 화운룡의 노력 덕분에 개과천선하여 새 사람이 됐으므로 화운룡의 부탁을 기꺼이 들어줄 터이다.

정오 무렵에 화운룡과 세 명의 부인은 괴이한 경험을 하게 되었다.

탁자에 둘러앉아서 차를 마시고 있던 화운룡은 갑자기 몸에서 무언가 쑥 빠져나가는 것 같은 느낌이 들었다. 그것은 기분이 몹시 나쁜 기분이었다.

세 명의 부인은 같은 탁자에서 함께 차를 마시며 담소를 나누고 있었는데, 화운룡이 그런 느낌을 받는 것과 동시에 그녀들은 느닷없이 무언가 자신들의 몸 안으로 후욱! 하고 밀려들어 오는 느낌을 받았다.

"아!"

네 사람이 똑같이 괴이한 느낌을 받았으나 여린 기질의 옥봉만이 낮은 탄성을 토했다.

그리고 말은 항아가 꺼냈다.

"방금 이게 뭐죠? 저만 그런가요?"

"아냐. 나도 이상한 느낌이 들었어."

"언니들. 따뜻한 기운이 온몸으로 스며들어 와 아랫배가 단단해지는 것 같은 느낌인가요?"

연종초가 적잖이 놀라는 얼굴로 묻자 옥봉과 항아는 똑같이 그렇다면서 고개를 끄떡였다.

화운룡은 자신과 부인들에게서 일어난 일에 어떤 예감이 들어 진중하게 말했다.

"우리 운공을 해보자."

잠시 동안 운공조식을 해본 네 사람은 똑같이 놀라는 표정을 지었다.

화운룡은 세 명의 부인에게서 받은 삼백 년 공력이 감쪽같이 사라졌으며, 세 명의 부인은 화운룡에게 주었던 각 백 년씩의 공력이 다시 회복된 것을 확인했기 때문이다.

모두 놀라면서 어이없는 표정을 짓고 있는데 옥봉이 처연한 얼굴로 말했다.

"용공, 그렇다면 우리가 행한 방법으로는 용공께서 공력을 한나절 밖에 간직하지 못하시는 것 같아요."

"그런 것 같군."

"이제 어쩌죠?"

"글쎄……."

화운룡은 난감한 표정을 지었다.

항아가 조심스럽게 말했다.

"다시 한번 시도해 봐요."

연종초가 보탰다.

"같은 방법으로는 곤란해요. 그러니까 새로운 시도를 해보는 게 좋겠어요."

옥봉이 결론을 내렸다.

"따라오세요."

그녀는 침실로 걸어갔다.

항아와 연종초가 엉덩이를 흔들면서 총총이 뒤따랐고, 화운룡은 눈을 끔뻑거리다가 마지못해서 자리에서 일어났다.

한 시진 후에 화운룡과 세 명의 부인은 힘없는 모습으로 침상에 뒤엉긴 채 누워 있었다.

네 사람은 어젯밤하고는 다른 시도로 관계를 했으며, 그 과정에 세 명의 부인은 화운룡에게 각자 백 년씩의 공력을 전해 주었다.

그러나 다음 날 새벽녘에 화운룡의 몸에서 삼백 년의 공력이 썰물처럼 빠져나갔다.

화운룡은 세 명의 부인과 야말, 굴락, 그리고 천신국에서 데리고 온 하녀 이시굴과 소노아 도합 여덟 명이 가루라를 타고 북경으로 향했다.

와룡봉추도에 머무는 동안 야말과 굴락이 전문가들을 동원하여 최고급의 재료로 가루라의 등에 새 움막을 튼튼하게 지었으므로 여덟 명이 지내기에 전혀 불편하지 않았다.

예전 움막보다 지붕이 훨씬 낮고 질기고 튼튼한 천으로 지어져서 매우 가벼우며 바닥에는 두툼한 호피가 여러 장 깔려 있어서 푹신하면서도 따스했다.

가루라는 날개를 펄럭거리지 않고 그저 넓게 펼친 상태에서 길게 오르락내리락하면서 활강만 하는데도 그 속도가 쏘아낸 화살만큼이나 빨랐다.

사륵…….

이시굴과 소노아가 비행하기 전에 미리 준비해 둔 술과 요리를 갖고 휘장을 거두며 들어왔다.

두 하녀가 화운룡과 세 명의 부인 앞의 바닥에 낮은 반상(盤床)을 놓고 그 위에 술과 요리를 차렸다.

"야말 총령수의 말에 의하면 북경까지 여덟 시진쯤 걸린다고 하니까 술을 드시고 계시어요."

준마를 타고 달리면 태주현에서 북경까지 열흘 이상 걸리는 먼 길을 가루라는 겨우 여덟 시진이면 도착한다고 하니 얼마나 빠른지 짐작할 수 있다.

세 명의 부인은 화운룡이 골똘히 생각에 잠긴 모습을 보다가 항아가 이시굴과 소노아에게 미소를 지어 보였다.

"고마워. 나가보아라."

이시굴과 소노아가 예를 취하고 나간 후에도 화운룡은 깊은 생각에서 벗어나지 못했다.

연종초가 조심스럽게 물었다.

"서방님, 무엇을 그리 생각하세요?"

화운룡은 그녀의 말을 듣지 못할 정도로 깊은 생각에 잠겨 있었다.

연종초가 잔에 술을 가득 따라서 코앞에 들이대자 향기로운 주향에 화운룡이 생각을 그치고 그녀를 쳐다보았다. 생각에 잠겨서 말소리는 듣지 못한다고 해도 주향을 거부하기는 어려운 모양이다.

연종초는 배시시 미소 지었다.

"그만 생각하시고 술 드시어요."

"그래."

화운룡은 벙긋 웃으며 술잔을 잡았다.

          *   *   *

"자꾸 생각하신다고 더 좋은 방법이 나올 것 같지는 않아요. 천첩이 보기에는 큰언니께서 생각해 내신 방법 이상의 것은 없는 것 같아요."

"흠."

옥봉은 워낙 참하고 조신해서 할 말이 있어도 속으로 삭이는 성품이고, 항아는 아직 어려서 모르는 것이 더러 있으니까 이런 상황을 정리하는 것은 연종초의 몫이다. 그리고 그녀는 자신의 역할을 정확하게 알아차렸다.

"이제 그 생각은 그만하세요. 큰언니와 둘째 언니, 그리고 천첩이 항상 서방님 곁에 그림자처럼 있을 테니까요."

대기하고 있던 항아가 화운룡이 술잔을 비우는 것을 보고는 요리 한 점을 그의 입에 넣어주었고 연종초가 방글방글 웃으면서 말을 이었다.

"연파란을 죽이기 전에도, 연분홍과 연조음을 죽이기 전에도 항상 천첩들이 서방님 곁에 있을 것예요. 그때마다 천첩들과 사랑을 나누어야 하지만 그것이 귀찮은 일은 아니잖아요? 설마 천첩들만 좋은 것인가요?"

"그럴 리가 있나."

화운룡은 손사래를 쳤다.

그가 연종초의 말뜻을 모를 리가 없다. 매번 사랑을 나누는 일이 번거롭더라도 방법은 이미 나왔고 더 이상 좋은 방법은 없으니까 속 끓이는 것은 그만하라는 뜻이다.

화운룡이 옥봉과 항아를 쳐다봤다. 그녀들은 조금 긴장한 얼굴이었다가 그와 시선이 마주치자 방그레 미소 지었다.

화운룡은 자신의 생각이 길어지자 세 명의 부인이 긴장한다는 사실을 깨달았다.

그는 예의 보기 좋은 미소를 지으며 세 명의 부인을 불러

모으는 손짓을 해 보였다.

"자. 다들 가까이 다가와서 술 마시자, 술."

북경 오십여 리 못 미치는 곳의 영하현 대로에 일남삼녀가
나타났다.

그들은 화운룡과 옥봉, 항아, 연종초인데 얼굴을 드러내지
않으려고 모두 챙이 넓고 긴 방립을 썼으며 똑같이 청의경장
을 입었다.

이들이 영하현에 온 이유는 이곳에 화북대련 총련이 위치
하고 있기 때문이다.

네 사람은 모두 경장 차림을 했으며 중원에서는 여행객들
이 흔히 방립을 쓰기 때문에 이들을 눈여겨보는 사람은 아무
도 없었다.

화운룡 일행은 해룡상단이 운영하는 영하현에서 가장 규
모가 큰 주루인 풍림각(風霖閣)에 들어섰다.

차륵…….

미리 연락을 해두었기 때문에 풍림각주가 일 층 주루 안쪽
에서 기다리고 있다가 화운룡 일행을 영접했다.

"어… 서 오십시오."

미리 보낸 전서구에 화운룡이 누구라는 것을 밝혔기 때문
에 풍림각주는 감히 화운룡을 쳐다보지도 못하고 눈에 띄게

몸을 떨면서 허리를 굽혔다.

하지만 주루에 손님들이 많은 터라서 시선을 끄는 행동을
하지 않으려고 애쓰는 듯했다.

화운룡 등은 방립을 벗지 않았지만 장사 경륜이 풍부한 풍
림각주는 단번에 그를 알아보았다.

"다들 기다리고 있습니다. 오르시지요."

"안내하게."

풍림각주는 화운룡 일행을 이 층으로 안내했다.

화운룡은 오는 도중에 화북대련 사람들을 불러두라고 미
리 연락을 해두었다.

화북대련에서 누가 왔는지는 모르지만 풍림각주에게 하북
팽가주 팽일강에게 연락을 하라고 지시했으니까 당연히 그는
왔을 것이다.

이 층은 손님들이 뜸하고 객방이 많았으며, 화운룡 일행은
어느 객방으로 안내되었다.

척!

문이 열리자 실내의 둥글고 커다란 탁자 둘레에 앉아 있던
사람들이 깜짝 놀라면서 일제히 일어섰다.

방립을 쓴 화운룡 일행이 들어서자 그를 알아본 몇몇 사람
이 반가움의 탄성을 터뜨렸다.

"아……!"

"오셨군요……!"

풍림각주가 문을 닫고 나간 후에 화운룡 일행은 완만한 동작으로 방립을 벗었다.

화운룡이 모습을 드러내자 실내에 있는 모든 사람들이 일제히 탄성을 터뜨리며 반가워서 어쩔 줄 몰랐다.

"대협!"

"아아……! 대협!"

하북팽가주 청천도 팽일강과 그의 아들과 딸 팽현중, 팽소희, 그리고 옛 균천보주의 장남인 전학과 그의 동생들인 전충, 전걸, 전송이 우르르 화운룡에게 몰려들었다.

가장 나이 든 팽일강은 물론이고 몰려든 일곱 명 중에서 울지 않는 사람이 한 명도 없다.

모두들 한결같이 화운룡에게 입은 은혜가 호천망극(昊天罔極)이라서 그의 말 한마디에 초개처럼 목숨을 내던질 수 있는 사람들이다.

팽일강을 비롯한 일곱 명이 공손히 허리를 굽히고 조용한 목소리에 감격스러움을 담아 예를 취했다.

"대협을 뵈옵니다."

"반갑소."

화운룡 등도 마주 포권했다.

한쪽에 화북대련 련주 북궁연과 은예상이 나란히 서 있으며, 은예상 얼굴에는 반가움이 역력했으나 나서지 않고 조용히 자신의 차례를 기다렸다.

북궁연 얼굴에는 뭔가 미심쩍은 표정이 떠올라 있는데 그는 그것을 구태여 감추려고 하지 않았다.

팽일강 등은 북궁연의 그런 면을 알고 있는지 그를 힐끗거리면서 조금 못마땅한 표정을 지었다.

팽일강은 옥봉에게 정중히 포권하며 예를 취했다.

"소인 팽일강이 공주마마를 뵈옵니다."

옥봉은 은은한 미소를 지으며 예를 거두라고 손짓을 했다.

'공주'라는 말에 팽씨 일족을 제외한 중인이 화들짝 놀랐다.

중인은 화운룡 좌우에 나란히 서 있는 세 명의 절대미녀들이 누군지 처음부터 궁금했었다.

그런데 그녀들 중에 차분하고 우아한 아름다움을 지닌 절대미녀가 '공주'였다는 사실에 무척 놀랐다.

옥봉은 부드러운 미소를 지으며 고개를 숙였다.

"반가워요, 팽 가주."

그녀는 팽현중과 팽소희에게도 가볍게 고개를 끄떡여서 알은척을 했다.

팽일강이 화운룡에게 온화하게 웃으며 말했다.

"천신국에 가신 일은 성공했군요."

"그렇소."

팽일강은 화운룡이 옥봉을 구하러 천신국에 간 사실을 잘 알고 있었다.

화운룡이 옥봉의 행방을 알아내려고 북경에 가는 길에 위험에 처한 팽일강 가족을 만나서 구해주고 상처를 치료해 주었을 뿐만 아니라 팽일강과 팽현중, 팽소희 모두의 생사현관을 타통시켜 주었다.

화운룡은 북궁연과 은예상을 쳐다보며 미소 지었다.

"자네들을 또 만났군."

은예상은 별빛처럼 눈을 빛냈다.

"반가워요."

북궁연은 가볍게 고개를 끄떡였다.

"그렇군요."

화운룡을 비롯한 모두들 커다랗고 둥근 탁자에 둘러앉아서 식사를 겸한 술자리를 시작했다.

처음에는 훈훈한 덕담이 오고 가다가 오래지 않아서 본론을 이야기하기 시작했다.

팽일강이 화운룡에게 진지한 표정으로 말문을 열었다.

"사실 나는 화북대련을 나가고 싶습니다."

그의 말에 중인이 아무도 놀라지 않는 것으로 미루어 그의 그런 의사를 다들 알고 있는 것 같았다.

팽일강이 말을 이었다.

"나는 지금이 명대(明代)하고는 비교도 할 수 없을 만큼 태평성대라고 생각합니다. 백성들은 배부르게 잘 먹고살며 전쟁이나 싸움이 없으니까 해침을 당할 일도 없습니다. 그저 제할 일만 부지런히 하면 행복이 보장되는 세상이라는 말입니다. 이게 태평성대가 아니고 뭡니까? 그런데 대체 우리가 무엇을 위해서 천외신계와 싸워야 한다는 말입니까?"

올해 이십팔 세가 된 팽현중이 아버지보다 더 진지하고 열띤 표정으로 말했다.

"명나라 군대를 깡그리 해산시켰는데도 그동안 변방에서 단 한 번의 오랑캐들의 중원 침입이 없었습니다. 천신국이 변방을 제대로 방어하고 있다는 얘기인데 대협께선 그걸 어떻게 생각하십니까?"

화운룡은 고개를 끄떡였다.

"천신국이 천하를 잘 다스리고 있는 것은 맞소."

팽일강이 조금 격앙된 얼굴로 말했다.

"그러니까 내 얘긴 하북팽가가 화북대련을 탈퇴하는 것이 전부가 아니라 아예 화북대련 같은 조직은 이제 불필요하다는 것입니다."

잠자코 듣기만 하던 북궁연이 묵직하게 그러나 날 선 목소리로 반박했다.

"천외신계가 중원을 침략했다는 사실에 대해서는 다들 어떻게 생각하십니까?"

북궁연이 중인은 전혀 둘러보지도 않고 화운룡을 똑바로 주시하면서 쏟아낸 물음, 아니, 공격이다. 화운룡더러 대답하라는 뜻이다.

화운룡은 팽소희가 가득 따른 술잔을 받았다.

"누가 침략했든 백성들이 잘살면 되는 것 아닌가?"

팽소희는 화운룡이 술을 마시는 모습을 보며 행복한 표정을 가득 지었다.

북궁연은 호두 껍데기처럼 단단한 목소리로 말했다.

"변방의 오랑캐 나라가 중원을 지배하고 있는데도 괜찮다는 말입니까?"

화운룡은 왼쪽에 앉은 옥봉이 젓가락으로 집은 요리를 입에 넣어주자 우물우물 씹으면서 대수롭지 않게 대꾸했다.

"아무렴 어떤가? 백성들이 잘살면 그만이지."

팽일강과 팽씨 남매는 당연하다는 듯 고개를 끄떡이고, 전학사 남매는 알듯 모를 듯 고개를 갸웃거렸다.

북궁연은 조금 신경질적인 표정을 지으며 약간 언성을 높여서 화운룡을 몰아붙였다.

"내 말을 알아듣지 못하는 것입니까? 오랑캐에게 뺏긴 중원을 되찾아야 하지 않습니까?"

화운룡은 조금도 몰아붙임을 당하지 않은 얼굴로 대답했다.

"찾지 않아도 되네."

"백성이 잘살고 못살고의 문제가 아니라 중원을 오랑캐에게 빼앗긴 채 살아가야 하느냐, 아니면 되찾느냐의 문제가 아닙니까? 되찾을 자신이 없는 겁니까? 어째서 자꾸만 문제의 본질을 왜곡하는 겁니까?"

화운룡은 빈 잔을 전학의 막내 여동생인 전송에게 내밀었다.

"한 잔 따라라."

"네!"

올해 이십 세가 된 전송은 화운룡에게 개인적으로 알은척을 하고 싶어서 그에게서 한시도 눈을 떼지 않고 그가 한 번 쳐다봐 주기만 바라고 있다가, 술을 따르라는 말을 듣고 발딱 일어나며 목청껏 대답했다.

북궁연은 화운룡이 자신의 말을 건성으로 들으며 전송에게 술을 따르라면서 딴청을 하자 노골적으로 기분 나쁘다는 표정을 지었다.

"대답하십시오."

북궁연은 화운룡의 대답 여하에 따라서 자신도 어떤 결정을 내릴 것처럼 닦달했다.

"자넨 문제의 본질이 무엇인지 모르는군."

이십팔 세인 북궁연은 자신보다 대여섯 살이나 어린 화운룡이 처음부터 하대를 하고 있는데도 거기에 대해서는 조금도 불쾌하게 여기지 않는 것 같았다. 그런 걸 보면 수양은 잘되어 있는 듯했다.

북궁연은 화운룡이 무슨 말을 하는지 어디 들어나 보자는 듯 팔짱을 꼈다.

"중원에서 제일 중요한 것이 무엇인가?"

"한인(漢人)과 한인들이 세운 국가입니다. 그래서 그 아래에서 백성들이 잘살아야지만 진정한 태평성대입니다."

"명나라 같은 것 말인가?"

"그렇습니다."

화운룡이 술을 마시느라 잠시 대화가 끊어졌다.

옥봉과 항아, 연종초는 어떻게 보면 연인처럼 또 어찌 보면 하녀처럼 화운룡을 지극정성으로 시중들면서 적당한 아양과 교태를 부리며 받들어 모셨다.

중인이 보기에 그런 형태의 여자는 오로지 한 종류뿐이다. 바로 부인인 경우에 그렇다.

그래서 중인은 애매한 표정을 지으며 화운룡과 세 여자를 번갈아 쳐다보면서 부지런히 머리를 굴렸다.

그녀들 세 명이 모두 화운룡의 부인일 리가 없다고 생각하기 때문이다.

화운룡은 손을 뻗어 팽일강의 잔에 술을 따르면서 지나가는 말처럼 넌지시 물었다.

"가주의 팽씨는 어디 팽씨요?"

"용강(龍岡) 팽씨입니다."

"선조는 누구요?"

"팽씨의 선조로는 묘족(苗族)과 회족(回族), 몽골족(蒙古族)이 있는데 우리는 몽골족이 선조입니다. 그렇지만 묘족과 회족도 여기에서의 논리로 따지면 오랑캐입니다."

"팽 가주의 선조는 몽골족이었구려."

화운룡이 이번에는 전학에게 물었다.

"자네 선조는 누구인가?"

전학은 공손히 대답했다.

"저희 선조는 돌궐족(突厥族)인데 진(陳)나라 때 큰 공을 세워서 진(陳)씨 성을 하사받았다가 나중에 전(田)씨로 분성(分姓)한 것입니다."

"그렇다면 자네 조상도 한인은 아니로군."

"그렇습니다."

화운룡은 북궁연을 턱으로 가리켰다.

"다시 말해서 이 사람이 조금 전까지 말하던 이른바 오랑캐라는 말이지?"

전학은 빙그레 웃었다.

"그렇습니다."

"허허! 중원에 오랑캐가 이리도 많을 줄이야. 이 방에만 해도 벌써 일곱 명이나 되지 않는가?"

북궁연의 얼굴이 붉어졌다. 그는 설마 화운룡이 이렇게 나올 줄은 전혀 예상하지 못했었기에 뭐라고 대꾸할 말을 찾지 못했다.

아니, 예상했더라도 대꾸할 말을 찾아내지 못하기는 마찬가지였을 터이다. 그 정도로 정곡을 찌른 것이다.

화운룡이 마지막 비수를 뽑았다.

"북궁(北宮)씨. 선조는 어딘가?"

그가 미소를 지으면서 북궁연에게 물었다.

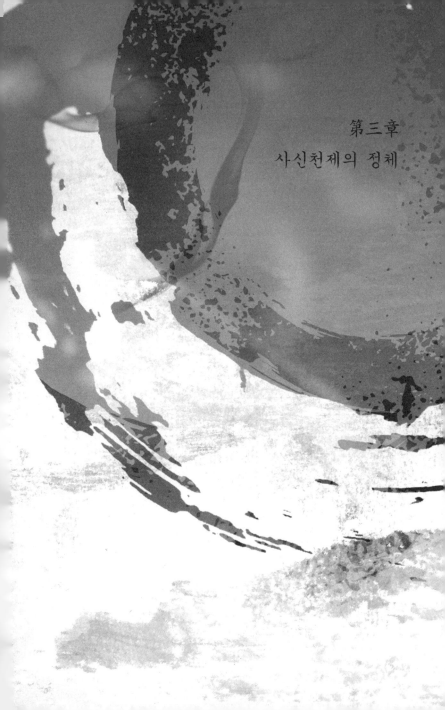

第三章
사신천제의 정체

　북궁연은 말문이 막혀서 한일자로 입을 꾹 다물고 지그시 화운룡을 쏘아보았다.

　북궁씨의 선조를 따져보니까 북방계 오랑캐였으며, 은예상의 은(殷)씨는 중원 고유 성씨였다.

　그러니까 이 실내에 정통 한인은 화운룡과 옥봉, 은예상 세 사람뿐이었다.

　따져보지는 않았지만 북궁연의 잣대로 재면 항아와 연종초도 오랑캐가 분명하다.

　화운룡이 북궁연에게 넌지시 물었다.

"계속 오랑캐를 따질 텐가?"

북궁연은 얼굴을 붉히고 한동안 말을 못 하더니 들끓는 감정을 진정시키고 나서 가라앉은 목소리로 말했다.

"그래도 천외신계는 괴멸시켜야 합니다."

"어째서 그렇지?"

"일단 천외신계는 외세입니다. 외세가 중원을 침공했으며 정복하여 지배하고 있습니다. 중원에 들어온 외세는 무조건 몰아내야 합니다."

화운룡은 고개를 저었다.

"아까 한 얘기의 연속이야. 이제 쓸데없는 얘기는 그만하고 다른 걸 의논하지."

북궁연은 노골적으로 불쾌한 표정을 짓더니 벌떡 일어나 문으로 걸어갔다.

"먼저 가겠습니다."

그러다가 그는 은예상이 아직 자리에 앉아 있는 모습을 보고 미간을 좁혔다.

"안 가겠소?"

"먼저 가는 것은 실례예요. 그리고 저는 화 대협의 말씀을 끝까지 들어보고 싶군요."

자신이 가겠다고 하면 은예상도 당연히 따라 나올 것이라고 생각했던 북궁연은 화가 났지만 내색하지 않고 혼자 밖으로 나갔다.

탁!

문이 닫히고 나서 잠시 침묵이 흐르다가 팽일강이 조심스럽게 입을 열었다.

"대협, 하실 말씀이 무엇입니까?"

화운룡은 진중한 표정으로 말했다.

"천신국에 반란이 일어났소."

"반란이?"

"그게 정말인가요?"

중인은 크게 놀라 분분히 외쳤다.

"그렇소."

화운룡은 천황파에 대해서 설명했다. 그러나 연파란과 연분홍에 대해서는 입 밖에 내지 않았다.

연파란과 연분홍, 연조음을 죽이는 것은 화운룡의 일이므로 굳이 설명할 이유가 없다.

또한 그녀들에 대해서 설명을 하려면 미래에서 과거로 회귀하는 일까지도 설명을 해야 한다.

"좌호법이 반란을 일으킨 이유는 여황이 중원천하를 너무 평화롭게 지배하기 때문이오."

"그게 이유가 되는 겁니까?"

"평화를 싫어하는 사람도 있나요?"

중인은 말도 안 된다는 표정으로 물었다.

"반란 세력은 그동안 중원에 당했던 것에 대해서 처절하게 복수를 해야 한다고 생각하오."

중원에 세워졌던 여러 나라들이 주변국들을 침탈하는 과정에 일어났던 온갖 만행에 대해서 천황파가 복수를 하려 든다는 사실에 중인은 몸서리를 쳤다.

은예상이 화운룡에게 처음으로 물었다.

"천여황은 어디에 있나요?"

화운룡은 그녀를 쳐다보았다.

"중원에 있다."

그는 북궁연에 이어서 은예상에게도 거침없이 하대를 했다. 그들이 사신천가 출신으로 수하라고 여기기 때문이다.

북궁연이 그런 것처럼 은예상도 화운룡이 하대하는 것을 개의치 않았다.

"그렇다면 천신국의 세력은 둘로 나뉜 것인가요?"

북궁연은 천외신계라 하고 은예상은 천신국이라고 했다.

"그런 셈이지."

"어느 쪽 세력이 더 크고 강한가요?"

"반란 세력이다."

"둘을 비교하면 반란 세력이 어느 정도로 강한 거죠?"

은예상의 질문은 예리했다.

"반란 세력이 칠이고 중원에 나와 있는 천신국 세력이 삼이라고 할 수 있다."

그것은 추측이지만 정확한 자료에 의한 것이므로 거의 맞을 것이다.

팽일강 등은 가만히 듣기만 했다. 은예상이 핵심만 콕콕 찍어서 묻기 때문에 나설 필요가 없다.

"그렇다면 반란 세력이 중원을 침공할 계획인가요?"

"그렇게 알고 있다."

"그게 언제인가요?"

"정확한 시기는 모르지만 아마 곧 침공할 것 같다."

"아아⋯⋯."

은예상을 비롯한 중인의 얼굴에 짙은 수심이 깔렸다.

"잠깐 기다려 주시겠어요?"

은예상이 공손히 말하고 밖으로 나갔다.

화운룡은 그녀가 북궁연을 데리러 갔을 것이라고 짐작했다. 그가 가지 않았을 것이라고 생각했으며, 중요한 대화이기 때문에 그를 참석시키려는 의도인 것 같았다.

중인은 그럴 것이라고 짐작하여 아무도 입을 열지 않고 은예상이 돌아오기를 기다려 주었다.

잠시 후 문이 열리고 은예상이 먼저 들어온 후에 북궁연이 따라서 들어왔다.

하지만 북궁연은 쭈뼛거리거나 주눅 든 모습이 아니고 그렇다고 해서 당당하거나 화난 모습도 아니다.

그저 담담한 얼굴로 들어와서 아까처럼 은예상 옆자리에 가만히 앉고는 놀라움을 가라앉히려 하는 표정으로 화운룡을 쳐다보았다.

팽일강이 은예상에게 권했다.

"대협께 부련주가 계속 질문하시오."

화운룡은 은예상이 화북대련 부련주라는 사실을 처음 알았지만 그것은 조금만 생각을 해보더라도 충분히 짐작할 수 있는 일이다.

은예상은 잠시 생각을 정리했다가 질문했다.

"그 일 때문에 저희들을 보자고 하신 건가요?"

과연 팽일강이 질문을 전적으로 맡길 만큼 은예상의 물음은 날카로웠다.

"그렇다."

북궁연이 담담한 표정으로 물었다.

"천외신계 반란 세력과 천여황파 간의 전쟁에서 우리가 할 일이 무엇입니까?"

"여황을 돕는다."

"그게 무슨……."

"왜 그래야 합니까?"

화운룡 일행을 빼고는 모두 놀랐다.

중원을 태평성대로 이끌고 있는 천여황을 왜 도와야 하는지는 짐작할 수 있었다.

하지만 둘로 갈라진 천신국 세력들 간의 전쟁이니까 누가 이기든지 가만히 내버려 두는 편이 훨씬 낫다는 것이 모두의 중론이다.

이왕이면 천여황이 이겨야 중원의 태평성대가 이어지겠지만 천황파가 이겨도 상관이 없다.

누가 이기든 커다란 상처를 입은 승리일 테니까 화북대련을 비롯한 중원 무림의 세력이 그 기회를 노려서 급습을 가한다면 중원을 되찾을 수도 있을 것이라는 생각에서다.

화운룡은 모두의 시선을 받으며 조용한 목소리로 말했다.

"여황이 전권을 내게 일임했소."

"아!"

"설마……."

중인은 또다시 일제히 자리를 박차고 일어나는데 얼굴에는 경악하는 표정이 역력했다.

팽일강 등은 화운룡이 어떤 인물인지 잘 알고 있지만 비룡은월문을 깡그리 잃은 그가 현재로선 할 수 있는 일이 아무것도 없다고 생각했었다.

그렇다고 해도 화운룡은 워낙 특출한 영웅이며 세상 사람들이 전혀 모르고 있는 사실에 대해서 잘 알고 있으므로 이번에도 뭔가 대단한 사건을 갖고 왔을 것이라고 짐작했다.

그러나 화운룡이 지금까지 설명한 것 같은 어마어마한 일일 줄은 상상조차 하지 못했다.

천신국이 둘로 갈라졌으며 천여황이 전권을 화운룡에게 일임하다니, 그런 일을 어찌 상상할 수 있겠는가.

북궁연이 세차게 고개를 가로저었다.

"믿을 수가 없습니다."

화운룡의 말이라면 맹목적으로 믿는 팽일강 등이지만 이번만큼은 믿기 어려웠다.

천여황이 화운룡에게 전권을 일임했다는 사실은 그 정도로 엄청난 사건인 것이다.

"대협."

팽일강이 복잡한 표정으로 화운룡을 쳐다보았다.

"대협의 말씀을 믿습니다. 그런데 이건 사안이 너무 큽니다. 저희들이 대협의 말씀을 믿을 수 있는 어떤 증거라도 보여주신다면……."

화운룡을 신이라고 생각하는 팽일강이 이 정도라면 다른 사람들의 불신이 어느 정도일지 짐작이 갈만하다.

화운룡은 팽일강을 보며 다짐을 주었다.

"지금부터 일어나는 일에 대해서 비밀을 지켜주겠소?"

"물론입니다."

그의 대답에 팽현중과 팽소희, 전학 사 남매가 일제히 크게 고개를 끄떡였다.

팽일강이 쳐다보자 은예상은 포권을 해 보였다.

"비밀을 지키겠어요."

모두의 시선이 아직 대답하지 않은 북궁연에게 집중되었지만 그는 시선을 느끼지 않는지 굳은 얼굴로 화운룡을 똑바로 주시했다.

"이 자리에서는 비밀을 지키겠다고 말한 후에 나중에 그 사실을 발설하지 않을 것이라고 어떻게 믿습니까?"

"너는 그런 소인배냐?"

혹 떼려다가 한 대 맞은 북궁연은 씁쓸한 표정을 지었다.

"아닙니다."

"그럼 됐다."

화운룡은 자신의 오른쪽 항아 옆에 앉은 연종초를 가리키며 조용히 말했다.

"이 사람이 천신국 여황이다."

"어엇?"

"와앗!"

중인은 하나같이 소스라치게 놀랐다가 연종초를 주시하고는 잠시 후에 허탈한 표정을 지었다.

팽일강이 웃으면서 화운룡에게 말했다.

"대협, 진담처럼 말씀하셔서 깜짝 놀랐습니다."

"진담이오."

"……."

중인은 화운룡이 이렇게까지 말하는데 농담을 했을 리가 없다고 생각했다.

모두들 눈을 커다랗게 뜨고 연종초를 뚫어지게 주시했다.

화운룡의 말만 들으면 믿을 수 있겠는데 젊은 데다 절대적인 아름다움까지 갖춘 연종초의 미모를 보니 믿음이 반감되는 것을 어쩌지 못했다.

연종초는 의자에 꼿꼿한 자세로 앉아서 조금도 동요하지 않고 차분한 표정이다.

그때 중인은 보았다. 연종초에게서 감히 범접할 수 없는 기도와 위엄이 잔잔하게 풍기는 것을.

그러더니 그 기도와 위엄은 삽시간에 해일처럼 거대해져서 중인을 억압했다.

팽일강 등은 자신들도 모르게 주춤거리며 뒤로 물러났다.

"시험해 봐도 되겠습니까?"

그때 북궁연이 불쑥 말했다.

"무엇을 시험한다는 겐가?"

북궁연은 엄숙한 얼굴로 대답했다.

"무공으로 시험해 보겠습니다."

팽일강 등은 고개를 끄떡였다. 그들은 북궁연이 얼마나 고강한지 잘 알고 있으므로 그 정도면 천여황을 시험할 수 있을 것이라고 생각했다.

만약 연종초가 북궁연의 시험을 이겨내거나 견딘다면 천여황이라고 믿을 수 있다는 얘기다.

화운룡은 실소를 흘리며 연종초에게 물었다.

"어쩌겠느냐?"

중인은 화운룡이 천여황에게 거침없이 하대를 하자 화들짝 놀라서 표정이 변했다.

"상관없습니다."

더구나 연종초가 몹시 공손하게 대답을 하자 중인의 놀라움은 아예 혼비백산으로 변했다.

화운룡은 북궁연에게 가볍게 고개를 끄떡였다.

"해봐라. 단, 결과에 대해서는 책임지지 않겠다."

북궁연은 피식 웃었다.

"그녀에게 할 말입니다."

그는 연종초가 천여황일 것이라고 믿지 않았다. 천여황이 화운룡하고 같이 다닐 이유가 없으며, 그에게 이처럼 공손하다니 말도 안 되는 일이다.

그래서 자신이 시험을 해보면 필경 연종초가 크게 다칠 것이라고 생각했다.

그때 연종초가 북궁연에게 조용히 말했다.

"너는 언제라도 공격해라."

"……"

귀와 심장을 동시에 얼려 버릴 것처럼 싸늘한 목소리라서 북궁연은 물론 모두의 안색이 변했다.

북궁연은 감히 방심하지 못하고 공력을 극한으로 끌어 올리며 연종초를 쏘아보았다.

그의 공격이 임박했는데도 연종초는 앉은 채 태연히 화운룡을 쳐다보며 물었다.

"저놈을 죽여도 되나요?"

화운룡은 빙그레 미소 지었다.

"죽이진 마라."

"알았어요."

*   *   *

북궁연은 어이없는 표정이나 가소로운 표정 같은 것을 짓지 못했다.

조금 전 연종초의 엄청난 기도를 보고 그녀가 진짜 천여황일지도 모른다는 생각이 들었기 때문이다.

그렇다고 해도 두려움 같은 것은 없다. 그 대신 한번 대결을 해봐도 자신에게 조금쯤 승산이 있지 않을까 하는 팽팽한 긴장감이 엄습했다.

팽일강 등도 연종초가 천여황일 것이라는 확신이 들어서 그녀와 더욱 거리를 멀리하며 긴장한 표정으로 침을 삼켰다.

극도로 긴장한 북궁연은 이백오십 년 공력을 극한으로 끌어올린 상태에서 연종초를 쏘아보았다.

그런데 연종초는 북궁연에겐 관심도 없다는 듯 젓가락으로 요리를 뒤적이고 있지 않은가.

이어서 그녀가 젓가락으로 요리 한 점을 집어서 화운룡의 입으로 가져가는 광경을 발견한 북궁연의 얼굴이 보기 싫게 찌푸려졌다.

모욕을 당했다고 생각한 북궁연은 번개같이 어깨의 도를 뽑아 전 공력을 주입하여 사신천가 청룡전가의 절학인 청룡섬(靑龍閃)을 발출했다.

번쩍!

청룡도에서 뿜어진 도강이 한순간 실내를 새파랗게 물들이면서 반월처럼 휘어지며 연종초의 머리를 향해 나갔다.

쿠아앗!

그런데도 연종초는 화사한 미소를 지으며 젓가락으로 집은 요리를 화운룡의 입에 넣어주는 것을 멈추지 않았다.

그녀는 북궁연이 공격을 준비하고 있었다는 사실을 아예 망각한 것 같았다.

순간 화운룡 입에서 나오고 있는 연종초의 젓가락 한 쌍이 핑! 소리를 내며 북궁연에게 쏘아갔다.

꺼엉!

팍!

"윽!"

그리고 다음 순간 세 개의 각기 다른 소리가 터졌는데 마지막 것은 북궁연의 입에서 튀어나왔다.

북궁연의 동작이 뚝 정지했다.

중인은 젓가락 하나가 북궁연이 그어 내리던 도의 칼날 정중앙에 닿아 있는 것과 또 하나의 젓가락이 북궁연의 얼굴 앞 허공에 세로로 정지한 채 서 있는 것을 발견했다.

젓가락 한 쌍이 둘 다 신기하기 짝이 없는 광경을 보여주고 있는 것이다.

북궁연이 그은 도에서는 방금 전까지 무시무시한 도강이 발출되고 있었는데, 한낱 나무로 만든 젓가락이 도강을 뚫고 들어가서 도의 칼날을 맞춰 도강을 사라지게 만든 것은 물론이고 도까지 멈추게 만들었다.

도의 칼날이 나무젓가락을 쪼개기는커녕 외려 나무젓가락에 밀려 멈춘 것이다.

또 하나의 젓가락은 북궁연의 얼굴 앞 반 뼘 거리에 세로로 똑바로 서 있다.

지금 연종초는 화운룡의 잔에 술을 따르고 있는데 도대체 어떻게 이런 신기를 발휘할 수 있다는 말인가.

그렇다고 화운룡이나 옥봉, 항아가 암암리에 북궁연에게 손을 쓰고 있는 것 같지는 않았다.

그러는 중에도 북궁연의 도의 칼날을 밀어내고 있는 젓가락과 얼굴 앞에 세로로 꼿꼿하게 세워진 젓가락은 자세를 유지하고 있었다.

연종초가 술을 따르면서 조용한 목소리로 입을 열었다.

"내가 누구인 것 같으냐?"

"……."

북궁연은 대답하지 않았다. 아니, 지금 전력을 다해서 칼날에 닿은 젓가락을 밀어내고 있는 중이라서 얼굴이 새빨개지고 땀을 뻘뻘 흘리는 상태라 대답할 겨를이 없다.

그런데도 불구하고 젓가락을 단 한 치도 밀어내지 못하고 있는 중이다.

그때 중인은 북궁연 얼굴 앞에 세로로 세워진 젓가락 윗부분이 뒤로 젖혀지는 것을 보았다.

딱!

"으악!"

그러고는 젓가락이 냅다 북궁연의 얼굴을 가격했고 그는
돼지 멱따는 듯한 처절한 비명을 터뜨렸다.

북궁연은 뒤로 묵직하게 대여섯 걸음이나 물러나 등이 벽
에 부딪쳐서야 멈췄다.

젓가락에 얻어터진 덕분에 그의 얼굴 정중앙에는 세로로
빨간 선이 새로 생겼다. 미간과 콧잔등, 입술과 턱에 이르기까
지 선명한 자국이다.

얼마나 지독하게 아픈지 북궁연은 젓가락에 맞고 나서 시
간이 흐른 뒤에도 골이 깨지고 머리통이 분해되는 것 같아서
눈물이 핑 돌았다.

중인은 말문이 막혀서 아무도 입을 열지 않고 질린 표정으
로 연종초를 쳐다보았다.

모두들 방금 전에 천외천(天外天)을 보았다. 그런 엄청난 신
위는 생전 처음 보는 것이었다.

연종초가 다시 북궁연에게 차갑게 물었다.

"내가 누구냐?"

얼빠진 표정의 북궁연은 연종초의 말에 정신이 번쩍 들더
니 곧 잡아먹을 것 같은 분노의 표정으로 으르렁거렸다.

"그대가 천외신계 천여황이라는 사실을 이제는 알겠소."

연종초에게 실력으로 당하기는 했어도 마음으로는 굴복하
지 않는다는 기색이 역력했다.

"알면 됐다."

연종초는 이쯤에서 그만두기로 했다. 그녀가 천신국 여황이냐 아니냐를 논하는 일이었으므로 그것만 확인시켜 주면 되기 때문이다.

연종초가 북궁연에게 더 이상 관심이 없는 듯 화운룡의 잔에 공손히 술을 따르자 그는 자존심이 크게 상했다.

화운룡이 술잔을 들며 북궁연에게 고개를 끄떡였다.

"앉아라."

북궁연은 연종초를 쏘아보았지만 잠시 후 자리에 앉았다. 이런 상황에서 물불 가리지 못할 정도로 옹졸한 소인배가 아니라는 뜻이다.

북궁연은 물론이고 은예상과 팽일강 등 모두는 연종초의 무위가 예상했던 것보다 훨씬 더 고강하다는 사실을 조금 전에 분명히 알게 되었다.

그들은 북궁연이 후기지수들 중에서는 단연코 첫 손가락에 꼽히는 절정고수라고 여겼었는데, 그런 그를 연종초는 직접 손을 쓰지도 않은 채 따끔한 훈계를 내렸으니 그녀의 무위가 어느 정도일지 짐작조차 되지 않았다.

이쯤에서 중인들은 한 가지 사실이 궁금해졌다. 화운룡과 연종초의 관계 말이다.

중인들이 보기에 두 사람은 수평이 아닌 상하 관계인 것 같았다. 연종초가 화운룡에게 더없이 공손한데 그것이 마치 부인이 남편을 대하듯 하기 때문이다.

그녀가 술을 따르고 요리를 입에 넣어주는 것만 봐도 짐작할 수 있는 일이다.

좌중에 그런 것을 물을 만한 사람은 팽일강뿐이다. 그는 아들뻘인 화운룡에게 포권을 하며 공손하게 물었다.

"대협, 감히 외람된 물음이지만 대협과 천여황은 무슨 관계입니까?"

다들 화운룡을 주시하며 초미의 관심을 보였다.

중인들하고는 또 다른 관심을 보이고 있는 사람이 연종초다. 그녀는 과연 화운룡이 이 자리에서 어떤 대답을 할지 그것이 궁금했다.

화운룡은 쥐고 있던 술잔을 비우고 나서 연종초를 보면서 태연하게 대답했다.

"이 사람은 내 아내외다."

"아……."

"세상에……."

좌중 여기저기에서 탄성이 흘러나왔다. 중원제일 영웅과 중원을 침략하여 지배하고 있는 천신국 여황이 설마 부부가 됐을 줄은 상상조차 하지 못한 일이라서 다들 엄청난 충격을 받은 얼굴이다.

북궁연과 은예상도 경악한 채 눈을 크게 뜨고 아무 말도 하지 못했다.

연종초는 화운룡이 자신들의 관계를 감추지 않고 떳떳하게 밝히자 크게 고무되어 얼굴에 저절로 미소가 떠올랐다.

팽일강은 기왕지사 내친김에 조금 더 용기를 내서 옥봉과 항아를 가리키며 물었다.

"대협, 그러시면 이쪽의 두 분하고는 무슨 관계이십니까?"

화운룡은 조금 쑥스러운 얼굴로 손을 뻗어 옥봉과 항아의 어깨에 얹으며 소개했다.

"이 사람들은 내 부인이며 이 사람이 첫째 부인이고 이 사람이 둘째 부인이오."

"……"

"……"

이번에는 얼마나 놀랐는지 중인들은 아예 탄성이나 신음 소리조차 내지 못했다.

정현왕 주천곤의 딸 봉화공주 천봉가인 주옥봉이 화운룡의 첫째 부인이며, 그녀보다 어리며 아름다움으로 손색이 없는 미지의 소녀가 둘째 부인이라는 것이다.

그렇다면 누가 말하지 않아도 천여황이 화운룡의 셋째 부인이라는 것을 짐작할 수 있을 터이다.

이게 말이나 되는 일인가? 설혹 말이 된다고 해도 대체 이 일을 누가 믿을 수 있겠는가. 천신국 여황이라는 어마어마한 신분의 여자가 화운룡의 정실부인도 아니고 셋째 부인이라는 사실을 말이다.

"아……."

산전수전 다 겪은 늙은 생강 팽일강조차도 한참이 지나도록 그저 의미 없는 탄식을 토해냈을 뿐이다.

어떤 연유로 천여황이 화운룡의 셋째 부인이 됐는지 모르지만 두 사람이 부부라면 천여황이 전권을 화운룡에게 일임했다는 말은 명백한 사실일 것이다.

천황파하고 싸우는 데 화북대련이 도와달라는 화운룡의 말에 북궁연은 심각한 표정을 지었다.

"생각해 보겠습니다."

그 말에 화운룡보다도 팽일강이나 전학 등 화북대련 사람들이 더 반발했다.

"화 대협 말씀에 무조건 찬성이지 뭘 생각한다는 것이오? 생각하고 자시고 할 게 뭐가 있소?"

"련주! 도대체 무엇을 생각한다는 것입니까?"

북궁연이 어째서 그렇게 말했는지 짐작하는 은예상은 착잡한 표정으로 입술을 꼭 다물었다.

화운룡은 북궁연을 똑바로 주시하며 조용히 말했다.

"천신국 여황이 내게 전권을 일임했으며 나는 천황파를 물리친 후에 이 땅에 새로운 나라를 세워서 정현왕 전하를 황제로 추대할 것이라고 말하지 않았나?"

화운룡의 말은 어느 누구라도 흠잡을 데가 없다. 그렇게만 된다면 무림인이든 아니든 온 백성이 덩실덩실 춤을 추면서 기뻐할 일이다.

그런데도 화북대련의 련주라는 자가 생각해 보겠다는 것이니 중인으로선 이해할 수가 없다.

북궁연은 고개를 숙였다.

"대협의 말씀은 이해했습니다. 그러나 워낙 중차대한 일이므로 시간을 두고 본 련 내의 여러 사람들과 신중하게 의논을 해봐야겠다는 뜻입니다."

탕!

팽일강이 손바닥으로 탁자를 내리쳤다.

"여기에 있는 우리가 본 련의 중진들인데 련주는 대체 어느 누구와 신중하게 의논을 해보겠다는 것인가?"

"나는……"

그때 화운룡이 일어섰다.

"그럼 생각해 봐라."

사람들이 놀라서 우르르 따라 일어섰다.

화운룡은 문으로 걸어가며 말했다.

"네가 결정을 내렸을 때쯤에는 두 가지 결과가 드러나 있을 테지."

척!

화운룡은 문을 열고 밖으로 나가며 말을 이었다.

"천황파가 중원을 짓밟든지 아니면 내가 천황을 죽였든지 말이야."

주루 밖 뒤뜰에서 북궁연과 은예상이 작은 목소리로 대화를 나누고 있다.

"천제에게 보고하고 명령을 받으려는 건가요?"

"그렇소."

은예상은 차분하게 설명했다.

"화 대협의 말씀은 하나도 틀린 것이 없었어요. 천하의 일이 그분 말씀대로만 된다면 그것은 우리 사신천가에게도 좋은 일이 아닌가요?"

"그러나 사신천가는 천제 휘하에 있소."

"화북대련은 아니에요."

북궁연은 미간을 좁혔다.

"무슨 뜻이오?"

"화북대련의 련주는 북궁 소협이지 천제가 아니에요. 그러니까 화북대련의 결정권은 북궁 소협에게 있는 것이지 천제와는 무관하지 않은가요?"

북궁연은 고개를 가로저었다.

"그렇지 않소. 사신천가는 천제의 휘하이므로 내가 련주로 있는 화북대련도 천제의 휘하라고 해야 마땅하오."

"틀렸어요."

"어째서 틀렸다는 것이오?"

은예상이 강하게 부정하자 북궁연은 불편한 심정을 얼굴에 드러냈다.

"화북대련 고수 삼천여 명 중에서 사신천제를 알고 있는 사람은 달랑 우리 둘뿐이에요. 도대체 상전이 누군지도 모르는 화북대련 고수들이 천제의 휘하라는 논리는 어디에서 나온 건가요?"

"그건……."

"그러므로 이 일은 천제하고는 상관없이 화북대련 사람들끼리 결정하는 것이 맞아요."

잠시 미간을 찌푸린 채 고심하던 북궁연이 이윽고 무겁게 고개를 끄떡였다.

"은 소저의 말이 맞소. 하지만 이 일을 천제께 보고는 올려야 하지 않겠소?"

*   *   *

그때 주루 모퉁이에서 잔잔한 목소리가 들렸다.

"나도 같이 가세."

두 사람이 움찔하며 쳐다보니 모퉁이에서 화운룡과 세 명의 부인이 나타나 천천히 걸어오고 있다.

화운룡 일행은 팽일강 등과 얘기할 것이 있다면서 자리를 다른 곳으로 옮긴 줄 알았는데 이곳에 나타날 줄은 몰랐기에 북궁연과 은예상은 적잖이 놀랐다.

북궁연이 시치미를 떼고 무뚝뚝하게 말했다.

"어딜 같이 간다는 말입니까?"

"자네들 상전이 있는 곳 말이야."

북궁연과 은예상은 움찔했다.

"상전이라니… 그게 무슨 말입니까?"

그때 북궁연이 가볍게 움찔했다. 단지 그것뿐이지만 그는 방금 화운룡의 해령경력에 의해서 심지가 제압됐으며 은예상은 알지 못했다.

화운룡이 북궁연에게 물었다.

"사신천제라는 자가 어디에 있느냐?"

"앗!"

은예상은 화들짝 놀라서 화운룡을 쳐다보았다. 그가 어떻게 사신천제를 알고 있는 것인지 모를 일이다.

그러나 사실 지난번 화운룡이 천신국에 가기 전 북궁연과 은예상을 처음 만났을 때, 두 사람을 잠혼백령술로 심지를 제압해서 사신천제에 대해 알아낸 적이 있었다.

은예상이 놀라서 화운룡을 쳐다보고 있는데 북궁연이 두 손을 앞에 모으고 공손히 화운룡에게 대답했다.

"천제께선 저희 집에 계십니다."

"아……."

은예상은 북궁연의 태도에 놀라서 눈을 휘둥그렇게 떴다. 화운룡의 물음에 북궁연이 이토록 공손하게 대답을 하다니 믿어지지 않는 일이다.

"지금 가면 그를 만날 수 있겠느냐?"

"제가 안내하겠습니다. 또한 천제께서 집에 계신지 연락을 취해보겠습니다."

두 사람의 대화를 듣는 은예상의 안색이 하얗게 질렸다.

"이건 말도 안 돼… 어떻게 이런 일이……."

화운룡이 그녀에게 담담히 말했다.

"이 녀석은 내게 심지가 제압됐다."

"……."

은예상은 북궁연과 화운룡을 번갈아 쳐다보았다.

"저… 는 보지 못했어요… 대체 언제……."

"나는 석 달쯤 전에 처음 너희 둘을 만났을 때에도 너희 둘의 심지를 제압해서 사신천제와 너희 둘의 출신에 대해서 알아낸 적이 있었지."

"어… 떻게 그런 일이……."

"이제 너희 심지를 제압하고 이 녀석의 심지를 회복시켜 줄 것이다. 그럼 너희 둘 다 나를 어떻게 대해야 할지 깨닫게 되겠지."

"아… 안 돼……."

은예상은 화들짝 놀라서 두 손을 저으며 뒤로 물러나다가 화운룡의 무형 해령경력에 의해서 심지가 제압됐다.

그리고 정신을 차린 북궁연은 조금 전 화운룡이 '자네들 상전이 있는 곳에 같이 가겠다'라고 한 말을 마지막으로 기억하고 그것에 대해서 말했다.

"저희들 상전이라니… 그런 건 없습니다."

화운룡은 개의치 않고 은예상에게 물었다.

"사신천제는 어디에 있느냐?"

"허엇?"

북궁연은 크게 놀라서 공격할 자세를 취하며 화운룡을 쏘아보았다.

"무, 무슨 소리요?"

그때 은예상이 두 손을 앞에 모으고 공손히 대답했다.

"청룡전가에 계십니다."

북궁연이 움찔 놀라서 외쳤다.

"은 소저! 미쳤소?"

화운룡이 엷은 미소를 지으며 북궁연에게 말했다.

"그녀는 내게 심지가 제압당했다."

"무엇이?"

"그녀에 앞서 네가 먼저 심지가 제압됐었지. 네가 지금 저 아이의 이런 모습을 보고 있는 것처럼, 조금 전에는 저 아이가 너의 이런 모습을 보았었다."

"그… 런 말도 안 되는……."

"저 아이를 회복시킬 테니까 서로 대화를 해보아라."

화운룡은 아무런 동작을 취하지도 않은 채 은예상의 심지를 풀어주었다.

북궁연이 은예상에게 소리치며 꾸짖었다.

"은 소저! 어쩌자고 이 사람에게 그분에 대해서 함부로 말하는 것이오?"

은예상은 놀란 얼굴로 화운룡을 쳐다보았다. 그녀는 조금 전에 화운룡이 자신의 심지를 제압하겠다는 말을 마지막 기억으로 간직하고 있다.

"제 심지를 제압했었나요?"

"그렇다."

은예상은 놀라는 표정으로 화운룡을 바라보다가 곧 씁쓸

한 얼굴로 북궁연에게 물었다.

"내가 저분의 물음에 순순히 대답했나요?"

"그렇소. 대체 왜……."

"북궁 공자도 그랬어요."

북궁연은 움찔했다. 그는 조금 전에 화운룡의 말을 듣고 얼토당토않은 일이라고 치부했는데 이제 보니 그게 아닌 것 같다는 생각이 들었다.

"내가 뭘 어쨌다는 거요?"

그의 자신 없는 듯한 물음에 은예상이 씁쓸히 대답했다.

"조금 전에 저분이 사신천제를 만나고 싶다고 하시니까 북궁 공자가 더없이 공손하게 저희 집에 천제가 계시니까 제가 안내하겠다고 말했다니까요?"

"그럴 리가……."

"그리고 저분은 석 달 전 처음 우리를 만났을 때 이미 우리 둘의 심지를 제압해서 우리가 사신천가라는 것과 천제에 대한 것들을 다 알아냈었대요."

"이런……."

북궁연은 크게 놀라더니 당장 출수할 것처럼 자세를 취하며 화운룡을 쏘아보았다.

"무슨 속셈입니까?"

"너희 두 사람, 나를 천제에게 안내해라."

북궁연은 경계하는 표정으로 화운룡을 주시했다.

"혹시 당신 천외신계 인물인가?"

화운룡이 천여황의 남편이고 그녀의 전권을 일임받았다고 하니까 그런 의심까지 들었다.

그렇다고 해도 화운룡은 지금 사실대로 말하는 것은 좋은 방법이 아니라는 생각이 들었다.

그가 자신이 사신천제라고 설명해서 북궁연과 은예상이 알아들으면 다행인데 아무리 구구절절 설명을 잘한다고 해도 믿으려 들지 않을 것이다.

더구나 북궁연의 청룡전가에 사신천제가 머물고 있다는데 화운룡이 사신천제라는 사실을 믿으려고 하겠는가.

보다 못해서 항아가 나섰다.

"류 니쨩, 그냥 저 두 사람 심지를 제압해서 앞장세우면 될 걸 갖고 무얼 부탁하고 그래요?"

북궁연과 은예상은 움찔 놀라더니 주춤거리며 물러났다.

두 사람은 조금 전 주루 안에서 연종초의 신기에 가까운 무위를 경험했다.

그래서 자신들 둘이 합공을 해도 연종초 한 사람조차 당해내지 못한다는 사실을 잘 알고 있다.

화운룡이 저만치 물러나고 있는 북궁연과 은예상에게 넌지시 물었다.

"어떻게 하겠느냐? 너희를 제압해서 앞장세울까?"

물러나던 은예상이 걸음을 멈추더니 다시 화운룡에게 다가와서 세 걸음 앞에 멈추었다.

"안내하겠어요."

"은 소저!"

북궁연이 버럭 소리를 질렀다.

은예상이 북궁연을 보며 차분하게 말했다.

"북궁 공자가 보기에는 화 대협께서 천외신계 인물인 것 같은가요?"

북궁연은 말을 못하고 우두커니 서 있다.

"길 가는 사람 아무나 붙잡고 물어보세요. 비룡공자가 천외신계 인물이라고 하면 개도 믿지 않을 거예요"

듣고 보니까 은예상의 말이 옳다. 대저 비룡공자가 어떤 인물인가.

천외신계가 눈엣가시처럼 여기는 인물이고 천외신계를 상대하다가 모든 것을 잃었던 중원 최고의 영웅이 아닌가.

그런 화운룡더러 천외신계 인물이냐고 말했으니 북궁연이 실언을 해도 크게 한 것이다.

북궁연은 다가와 은예상 옆에 서서 화운룡에게 정중히 허리를 굽혔다.

"죄송합니다. 실언했습니다."

화운룡은 고개를 끄떡였다.

"괜찮다. 안내하겠느냐?"

북궁연이 복잡한 표정을 지었다.

"왜 천제를 만나려는 겁니까?"

"그가 가짜이기 때문이다."

화운룡은 솔직하게 말했다.

북궁연과 은예상은 얼마나 놀랐는지 얼어붙은 것 같은 표정을 지었다.

화운룡이 조용한 목소리로 말했다.

"백호뇌가와 현무벽가는 어째서 그자를 사신천제라고 인정하지 않았느냐?"

천중인계 사신천가에 대해서는 무림에서 아는 사람이 아무도 없는데 화운룡은 아무렇지도 않게 사신천가 내부의 일을 들먹이고 있다.

"천제라는 자가 나타나서 무극사신공을 보여줄 때 백호뇌가 소진청과 염교교 부부도 같이 보았느냐?"

북궁연과 은예상은 심장에 창이 깊숙이 꽂힌 것 같은 표정으로 화운룡을 바라보았다.

두 사람이 보기에 화운룡은 사신천가에 대해서 모르는 게 없는 것 같았다.

"소진청과 염교교가 왔다면 천제라고 자처하는 자를 보자마자 그냥 돌아갔을 게다."

"그걸 어떻게……."

분명히 그런 일이 있었다.

작년 가을에 사신천제가 출현했다고 해서 사신천가 네 가문의 가주들이 모두 청룡전가에 모인 적이 있었다.

그런데 백호뇌가의 가주 부부는 천제를 보자마자 딱 한마디. '천제가 아냐'라고 말하고는 돌아가 버렸다.

그러고 나서 천제가 무극사신공을 선보였고, 끝났을 때 청룡전가와 주작운가의 가주는 그가 천제라고 인정했지만 현무벽가의 가주는 천제가 아니라면서 떠나 버렸다.

화운룡은 명랑하게 웃었다.

"하하하! 그자가 천제가 아닌 것 같으니까 진청과 교교가 돌아갔겠지."

화운룡과 세 명의 부인이 주루 모퉁이를 돌아서 사라진 이후에도 북궁연과 은예상은 충격이 가시지 않아 제자리에서 움직이지 않고 서 있었다.

한참이 지난 후에 은예상이 조심스럽게 중얼거렸다.

"혹시 화 대협이 천제가 아닐까요?"

그 말을 듣고도 북궁연은 놀라지 않았고 왜 그렇게 생각하느냐고 묻지도 않았다.

북궁연도 그렇게 생각했기 때문이다. 화운룡이 한 말들과 여러 정황을 다 정리해 보면 해답은 하나였다. 그가 바로 사신천제라는 것이다.

화북대련 총련이 있는 영하현에서 북경까지는 오십여 리밖에 되지 않아서 화운룡 일행은 가루라를 타기보다는 육로를 택해 말을 타고 달렸다.

우두두둑!

화운룡과 옥봉, 항아, 연종초, 그리고 북궁연과 은예상이 탄 여섯 필의 준마가 늦은 오후에 지축을 울리고 뿌연 황진을 일으키면서 관도를 달렸다.

청룡전가는 북경에서 동북쪽으로 삼십여 리 떨어진 순의현(順義縣)이라는 곳에 있다.

은예상은 자신들이 화운룡과 함께 청룡전가로 가고 있는 사실을 미리 알리지 말라고 북궁연에게 말했다.

그녀가 그렇게 말하지 않았더라도 북궁연은 그럴 생각이었다. 그도 생각이 있는 사람이므로 일이 이쯤 되니까 청룡전가에 있는 사신천제를 의심하지 않을 수가 없다.

술시(戌時: 밤 8시경) 무렵에 화운룡 일행은 청룡전가가 위치한 순의현에 들어섰다.

다각다각…….

화운룡을 비롯한 여섯 명 모두 챙이 넓고 깊은 방립을 쓰고 있어서 얼굴이 보이지 않았다.

화운룡과 세 명의 부인은 천하태평 편안한 얼굴이지만 북궁연과 은예상은 극도로 긴장한 모습을 지우지 못했다.

순의현은 원래 번화한 지역이라서 거리는 꽤나 혼잡했다.

일행이 순의현으로 들어서 반식경쯤 지났을 때 거리 가장자리에서 한 사람이 사람들 사이를 요리조리 피해가면서 화운룡 일행에게 빠르게 다가왔다.

화운룡 일행은 자신들을 향해 곧장 다가오는 사람을 마상에 앉아서 지켜보았다.

불타는 듯 새빨간 홍의경장을 입고 있는 그는 어깨에 검을 메고 있는데 중요한 것은 그게 아니다.

얼굴 왼쪽이 짓뭉개진 흉측한 모습이라는 사실이다. 마치 촛농이 녹아서 줄줄 흘러내린 듯한 몰골이다.

더구나 옷 속에 감춰져 있는 왼팔이 안쪽으로 심하게 구부러져 있었다. 또한 발을 심하게 절뚝거리면서도 매우 빠른 걸음이다.

머리에 붉은 헝겊을 뒤집어쓰고 있는 홍의인은 곧장 다가와서 화운룡 일행 앞에 멈추더니 양팔을 활짝 벌렸다. 멈추라는 뜻이다.

홍의인은 앞장선 북궁연과 은예상을 보더니 그대로 지나쳐서 뒤쪽으로 왔다.

그러고는 방립을 깊숙이 눌러쓴 화운룡을 아래에서 위로 하나뿐인 눈을 치뜨고 올려다보았다.

화운룡은 심상치 않은 예감을 느끼고 말없이 홍의인을 굽어보았다.

*   *   *

화운룡을 올려다보던 홍의인의 하나뿐인 오른쪽 눈이 갑자기 커다랗게 부릅떠졌다.

"흐윽!"

그는 거칠게 숨을 들이켜면서 뒤로 비틀비틀 몇 걸음 물러서더니 갑자기 몸을 날려 화운룡에게 쏘아갔다.

"용랑—!"

순간 항아와 연종초는 홍의인이 화운룡을 급습하는 줄 알고 즉시 공격했다.

그렇지만 옥봉이 다급히 외쳤다.

"멈춰!"

항아와 연종초가 손을 뻗으려다가 급히 멈출 때 홍의인은 화운룡의 품에 안기고 있었다.

"으아앙! 용랑—!"

화운룡은 조금 전에 홍의인이 길을 가로막았을 때 그의 짓이겨진 얼굴과 불구인 팔다리를 보는 순간 불현듯 어떤 예감을 떠올렸다.

명림과 호아처럼 이 홍의인도 화운룡의 측근 중에 한 명일지도 모른다는 생각이 들었다.

홍의인 역시 태주현 동태하 전투에서 배에 불을 지르고 싸우라는 화운룡의 명령으로 활활 불타는 배에서 싸우다가 저런 흉측한 몰골이 되어 구사일생 살아남게 된 것은 아닐까 하는 예감이다.

그러고는 홍의인이 화운룡의 얼굴을 올려다보다가 갑자기 소스라치게 놀라서 숨을 몰아쉴 때 화운룡의 그 예감이 확신으로 변했다.

이어서 홍의인이 몸을 날리면서 '용랑!'이라고 울부짖었을 때 화운룡은 그가, 아니, 그녀가 누군지 깨달았다.

그를 '용랑'이라고 부를 사람은 천하에 단 한 명밖에 없기 때문이다.

그녀는 바로 소홍예다. 사신천가 백호뇌가 가주 소진청과 염교교의 외동딸이며, 미래에 운설과 더불어서 화운룡의 마누라 노릇을 톡톡하게 했던 십칠 세 소녀 소홍예인 것이다.

화운룡은 가슴이 뭉클해서 홍예라고 확신하는 홍의인을

가만히 부드럽게 안았다.

"홍예냐?"

"와아아앙! 용랑!"

홍예는 미친 듯이 마구 몸부림치면서 그의 품속으로 더욱 파고들었다.

길가에는 소진청과 염교교가 나란히 서서 화운룡과 홍예를 바라보며 하염없이 눈물을 흘리고 있다.

화운룡은 북궁연과 은예상 등을 데리고 영하현을 떠나기 전에 미리 북경 백호뇌가의 소진청에게 해룡상단 명의로 서찰을 보냈다.

그동안 해룡상단은 암중으로 숨어들었기 때문에 백호뇌가는 아무리 애를 썼어도 그들을 찾아내지 못했다.

그러니까 이번에 해룡상단이 백호뇌가에 서찰을 보낸 것은 동태하 전투 이후 처음이었다.

서찰에는 백호뇌가 가주가 이곳 순의현에 가서 기다리고 있으라는 내용이 적혀 있었다.

소진청 부부가 생각하기에 해룡상단에서 백호뇌가로 서찰을 보내 가주더러 직접 나와서 기다리라고 말할 수 있는 사람은 아무리 생각해 봐도 화운룡뿐이다.

그래서 소진청과 염교교 부부와 동태하 전투에서 간신히 살아남은 홍예가 순의현에 함께 온 것이다.

세 사람은 거리 가장자리에서 극도로 긴장한 채 지켜보다
가 조금 전 방립을 쓴 여섯 명이 줄지어서 거리로 다가오자
홍예가 직접 달려 나가서 확인을 한 것이다.

화운룡 일행은 거리 한복판에서 잠시 멈추었고, 홍예는 뼈
가 없는 듯 그의 품에 안겨서 숨을 할딱거렸다.

"어흐흑… 용랑… 당신이 살아 있다니… 아아… 용랑……."

화운룡 일행은 순의현의 해룡상단이 운영하는 주루로 자리
를 옮겼다.

아직 소진청과 염교교는 화운룡 앞에 나타나지 않은 상태
이며 주루 밖에서 부름을 기다리고 있다.

홍예는 한시도 화운룡에게서 떨어지려고 하지 않았다.

미래에 홍예는 장장 오십칠 년 동안 화운룡 최측근 자리를
지키면서 운설과 함께 설부홍연(雪婦紅戀)이라는 호칭을 만들
어낸 장본인이다.

운설은 부인이고 홍예는 애인이라는 뜻이다. 미래에 화운
룡은 팔십사 세에 과거로 회귀할 때까지 홀몸이므로 운설과
홍예가 부인과 애인처럼 굴면서 그의 곁을 지킨 것이다.

항아와 연종초, 북궁연, 은예상은 홍예가 누군지 모르지만
옥봉은 그녀를 너무도 잘 알고 있다.

옥봉은 홍예가 나타나서 울부짖으며 화운룡에게 안기는 그

때부터 눈물을 그치지 못하고 있다.

옥봉이 홍예에게 다가왔다.

"홍예, 살아 있었어……."

화운룡에게 안겨 있던 홍예는 화들짝 놀라 그의 품에서 빠져나왔다.

"주모……!"

옥봉이 두 팔을 벌리고 울면서 홍예를 안았다.

"홍예를 다시 만날 줄은 몰랐어……."

"으아앙! 주모!"

얼굴 반쪽이 완전히 일그러진 홍예는 하나뿐인 눈으로 폭포처럼 눈물을 흘리며 옥봉을 얼싸안았다.

어느 정도 격한 감정이 가라앉자 홍예가 여전히 울음기가 남은 목소리로 문 쪽을 가리켰다.

"용랑, 아버지와 어머니도 같이 왔어요. 불러올게요."

"잠시 기다려라."

의자에 앉아 있는 화운룡은 자신의 앞에 의자를 놓고 거기에 홍예를 마주 보게끔 앉혔다.

그가 두 손을 잡고 얼굴을 자세히 주시하자 홍예는 부끄러운 듯 고개를 옆으로 돌렸다.

"그만 보세요."

화운룡은 홍예가 얼마나 다쳤는지 살펴보는 것이다.

그는 사람들을 기다리게 하고 홍예를 치료하기 위해서 다른 방으로 데리고 갔다.

침상에 반듯한 자세로 나신이 되어 눈을 꼭 감고 누워 있는 홍예는 몹시 긴장한 표정이다.

화상으로 심하게 일그러졌던 그녀의 얼굴 반쪽은 이미 예전의 아름답고 생기발랄한 모습을 되찾았으며, 심하게 오그라들었던 왼팔과 왼쪽 다리도 완벽하게 나았다.

침상 옆에 앉아 있는 화운룡은 홍예의 몸을 머리에서 발끝까지 자세히 살펴보고 나서 미소를 지었다.

"다 됐다. 이제 눈을 떠라."

"무서워서 못 뜨겠어요……."

홍예는 예전의 그녀답지 않게 눈을 질끈 감고 주먹을 꼭 쥔 채 가늘게 떨리는 목소리로 말했다.

"무서울 거 없으니까 눈을 떠라."

"흐응… 제가 듣고 싶어 하는 호칭 불러주면 눈 뜰게요."

화운룡은 빙그레 미소 지었다.

"눈 떠라. 홍검파(紅臉婆)야."

그제야 홍예는 배시시 웃으면서 천천히 눈을 떴다.

미래에 홍예는 마누라를 뜻하는 황검파(黃臉婆)에서 '황'을 자신의 이름 홍예의 '홍'으로 바꿔서 '홍검파'라고 제멋대로 짓고는 하루 종일 화운룡을 졸졸 따라다니면서 '홍검파'라고 불러달라고 떼를 썼었다.

그래서 화운룡은 기분이 좋을 때나 홍예를 칭찬할 때 상을 주는 기분으로 '홍검파'라고 불러주었다.

지금도 그가 홍검파라고 불러주니까 금세 두려움이 사라지고 기분이 좋아져서 눈을 뜬 것이다.

홍예가 눈을 뜨자 화운룡이 그녀를 일으켜서 앉혀주었다.

"잘 봐라."

홍예는 제일 먼저 눈에 띄는 왼팔을 보더니 나직한 탄성을 터뜨리면서 가늘게 몸을 떨었다.

"아······."

왼팔은 흠 하나 없이 완벽하게 치료되었다.

그러고는 그녀의 시선이 점차 아래로 내려가서 왼쪽 다리에 고정되었다.

약간 까무잡잡한 그녀 특유의 피부색을 지닌 통통하면서도 늘씬한 다리가 거기에 있었다.

"믿어지지가 않아······."

그녀는 자신의 왼팔과 왼쪽 다리를 떨리는 손으로 쓰다듬으면서 커다란 두 눈에 눈물이 가득 고였다.

동경에 비친 자신의 완벽하게 고쳐진 어여쁜 얼굴까지 확인한 홍예는 화운룡에게 몸을 내던지고는 그의 품에서 한참이나 흐느껴 울었다.

그녀가 웬만큼 울기를 기다린 화운룡이 그녀의 등을 부드럽게 쓰다듬었다.

"이제 옷 입고 사람들에게 가자."

"싫어요."

홍예가 그의 품에 안긴 채 어리광을 부리듯 몸을 흔들었다.

"무슨 뜻이냐?"

"용랑이 내 벗은 몸을 보고 또 손으로 실컷 주무르고 만졌으니까 책임을 져야 해요."

"뭐야?"

홍예의 목소리가 엄숙해졌다.

"자고로 그런 경우에는 무조건 남자가 여자를 책임져야 하는 것이 법도예요. 그렇지 않은가요?"

화운룡은 홍예를 떼어내서 손가락으로 이마를 밀었다.

툭!

"그렇지 않은데요?"

"아……."

홍예는 침상에 볼썽사납게 발라당 자빠졌다.

그녀는 문으로 걸어가는 화운룡의 뒷모습을 보면서 꿈을 꾸는 듯한 표정을 지었다.

'정말이지, 저분보다 더 훌륭한 사내가 어디에 있겠는가……'

화운룡은 일행이 기다리는 객방으로 가고 홍예는 소진청과 염교교를 부르러 갔다.

옥봉과 항아, 연종초는 화운룡이 아무 말 하지 않아도 홍예를 치료해 주고 왔다는 것을 짐작했다.

커다란 탁자의 한쪽에 화운룡과 옥봉, 항아, 연종초가 앉아 있으며 맞은편에 북궁연과 은예상이 앉아 있다.

항아와 연종초는 옥봉이 이어전성으로 전해준 설명을 듣고 홍예가 누군지 잘 알게 되었다.

그러나 북궁연과 은예상은 아무것도 모른 채 그저 묵묵히 앉아 있기만 했다.

척!

그때 문이 열리고 홍예에 이어서 소진청과 염교교가 몹시 상기된 모습으로 실내에 들어섰다.

북궁연과 은예상은 일전에 청룡전가에서 소진청을 본 적이 있으므로 들어서는 그를 보고 크게 놀라 벌떡 일어섰다.

소진청과 염교교는 자신들을 보고 일어서는 화운룡을 보고는 그 자리에 무너지듯이 무릎을 꿇고 큰절을 올렸다.

"주군!"

화운룡은 두 사람에게 다가가서 친히 일으켰다.

"일어나라."

화운룡에게 이끌려서 일어서는 소진청과 염교교는 온통 눈물투성이다.

"주군… 살아 계셨군요……"

"이것이 정녕 꿈인가요……? 주군……"

북궁연과 은예상은 아연실색해서 그 광경을 쳐다보았다.

백호뇌가의 가주가 '주군'이라고 부를 인물이 세상천지에 누가 있겠는가.

화운룡은 두 사람을 그러안았고, 두 사람은 그의 품에 얼굴을 묻고 펑펑 눈물을 흘렸다.

이 시각만큼은 아무도 북궁연과 은예상을 신경 쓰지 않았다.

순의현 내에 아담한 장원 청학원(靑鶴院)이 청룡전가의 다른 이름이었다.

청룡전가의 가주 북궁창(北宮昶)은 출타 중이었다.

청룡전가 사람들이 모여들었으나 북궁연은 다 물리치고 두 사람, 모친과 총관만 데리고 후원의 별채로 향했다.

총관의 말에 의하면 별채에 천제의 손님이 와 있다고 했다.

이 층짜리 아담한 별채 앞에서 북궁연이 정중하게 말했다.

"천제시여. 소인 북궁연입니다."

"들어오시오."

맑고 청아한 젊은 남자의 목소리가 별채에서 흘러나왔다.

"들어가시죠."

북궁연의 안내로 화운룡 일행 네 명과 북궁연, 은예상, 모친, 총관이 별채 안으로 들어갔다.

선녀 같은 용모와 복장의 두 소녀가 일행을 맞이했다.

"어서 오세요."

그녀들은 사신천제라는 인물이 직접 데리고 온 여자들이지만 북궁연은 그녀들에 대해서 설명하지 않았다.

화운룡은 두 소녀를 보고 미간을 살짝 찌푸렸다.

그는 가짜 사신천제가 어쩌면 천신모인 연파란이나 천황인 연조음이 심어놓은 인물일지도 모른다고 짐작했었다.

연파란이나 연조음이 아니라면 가짜 사신천제를 만들 사람이 없기 때문이다.

그래서 조금 전까지만 해도 그는 그렇게 생각하고서 거기에 대한 대응을 준비했었다.

그런데 일행을 맞이하는 두 소녀를 보니까 그 생각이 전혀 잘못됐다는 것을 깨달았다.

사람의 심성이나 속을 겉모습만 보고는 절대로 알 수는 없는 일이다.

하지만 여기 이 두 소녀를 보면 그 말이 틀린 것 같다. 두 소녀가 악인이거나 죄를 지은 적이 있다고 한다면, 아마도 세상천지에 죄를 짓지 않은 사람은 한 명도 없을 것 같다는 느낌이 들었다.

그 정도로 두 소녀의 외모는 더없이 순수하고 선해서 어찌 보면 성스럽기도 했다.

척!

그때 한쪽의 문이 열렸다.

이어서 일남일녀가 나란히 걸어 나왔다.

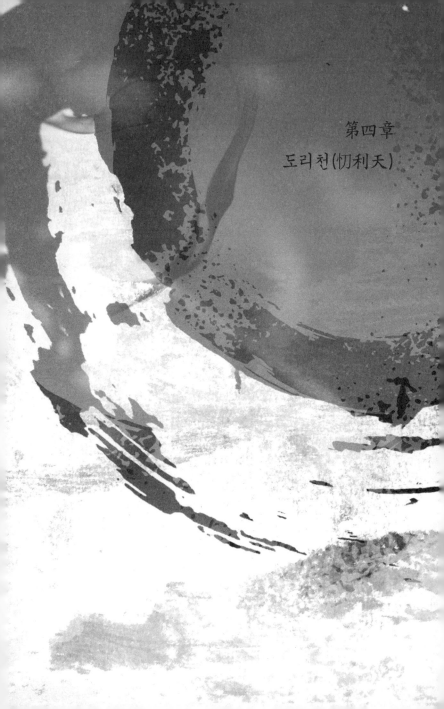

第四章
도리천(忉利天)

두 사람은 똑같이 일신에 오색채의와 오색 상의에 역시 오색의 긴 치마를 입은 환한 모습이다.

또한 두 사람 다 이십 대 중반의 나이며 선풍도골의 선계(仙界)에서 하강한 선인 같았다.

두 사람은 무기를 지니지 않았다. 부드러운 미소를 지으며 일행을 반길 뿐이다.

일남일녀는 매우 준수하고 아름답다는 점에서 닮았다. 또한 선풍도골의 풍모와 그윽한 미소도 닮았다.

일남일녀의 시선이 똑같이 화운룡에게 향하더니 마치 오랜 친구를 발견했을 때와 같은 반가운 표정을 지었다.

청년이 화운룡을 보며 미소를 지으며 말했다.

"그대가 사신천제로군요."

북궁연과 그의 모친, 총관, 그리고 은예상은 크게 놀라서 청년과 화운룡을 번갈아 쳐다보았다.

여태까지 사신천제라고 믿었던 청년에게서 화운룡이 사신천제라는 말을 들으니까 북궁연 등은 귀를 의심하는 것 같은 표정을 지으며 두 사람을 번갈아 쳐다보았다.

이번에는 여자가 청년보다 더 온화한 표정으로 말했다.

"그대는 우리를 너무 오래 기다리게 했어요."

그녀는 북궁연과 은예상을 쳐다보며 말을 이었다.

"그대가 지난번에 저 사람들을 만났을 때 우리를 찾아올 줄 알았거든요."

화운룡이 북궁연과 은예상을 처음 만났을 때 그가 옥봉을 구하러 천신국에 가는 일이 없었다면 가짜 사신천제를 직접 만나려고 했을 것이다.

북궁연과 은예상 등은 청년이 화운룡을 가리켜서 사신천제라고 한 말에 큰 충격을 받은 듯 아무 말도 하지 못하고 사태의 추이를 지켜보기만 했다.

천하에 누구하고도 비교할 수 없을 만큼 똑똑한 화운룡과 옥봉, 연종초지만 도대체 눈앞의 일남일녀가 무슨 말을 하는

지 알아듣지 못했다.

그래서 화운룡이 떨떠름한 표정으로 물었다.

"나를 아오?"

그는 지금 자신이 무척 바보 같다는 생각이 들 정도로 아무 생각이 들지 않았다.

일남일녀는 여전히 미소를 지으며 고개를 끄떡였다.

"물론입니다."

"당신들 누구요?"

청년이 자신들이 나온 방을 가리켰다.

"얘기를 나눌 수 있습니까?"

"그럽시다."

화운룡과 세 명의 부인들이 방으로 걸어가자 청년이 미소 지으며 말했다.

"사신천제 그대하고만 얘기하고 싶습니다."

화운룡은 미간을 좁혔다.

'이자들 도대체 뭔가?'

화운룡과 일남일녀가 아담한 실내에서 탁자를 가운데 두고 마주 앉았다.

두 명의 소녀가 다과와 차를 탁자에 가지런히 놓고 한쪽으로 물러나더니 나란히 섰다.

일남일녀의 청년이 먹으라는 손짓을 해 보이고는 자신의 앞에 놓인 찻잔을 들면서 온화하게 말했다.

"뭐든 물어보세요."

"당신들 누구요?"

그게 가장 근본적이고 핵심적인 질문이다. 상대가 누군지 알면 대답은 절반 이상 나온 것이다.

여자가 호젓한 목소리로 대답했다.

"우린 도리천(忉利天)에서 왔어요."

"도리천?"

도리천이란 우주의 중심에 우뚝 솟아 있는 수미산(須彌山) 정상에 위치해 있으며, 제석천(帝釋天)을 비롯한 삼십삼신(三十三神)이 살고 있다는 전설의 성지이다.

화운룡은 뇌리를 스치는 것이 있다.

"설마 천상성계(天上聖界)요?"

청년이 환한 미소를 지었다.

"세상에서는 도리천을 그렇게 부르지요."

화운룡은 쓴웃음을 지었다.

"날 코흘리개로 아는 거요?"

"왜 그렇게 말하는 건가요?"

청년과 여자가 번갈아서 말했다. 두 사람은 표정이 굳는다든가 슬프거나 노여운 표정을 절대로 짓지 않았다.

화운룡은 씁쓸한 표정으로 말했다.

"제석천이 계신 도리천이라니, 지금 그런 걸 나더러 믿으라는 것이오?"

"하하하!"

청년과 여자가 맑은 목소리로 웃었다. 저만치에 서 있는 두 소녀도 손으로 입을 가리고 웃었다.

청년이 웃음 가득한 얼굴로 설명했다.

"그대 말이 맞습니다. 우린 전설의 도리천을 목표로 삼는 사람들이 모여 살고 있는 곳에서 왔습니다. 그래서 우리가 사는 곳을 도리천이라고 이름 지은 것이지요."

"거기가 천상성계라는 것이오?"

"그렇습니다."

"천외신계, 천중인계하고 연관이 있소?"

"그렇습니다."

그렇다면 삼천계 중에 하나라는 뜻이다.

"무슨 연관이오?"

여자가 대답했다.

"그 두 곳의 창시자가 우리 사람이에요."

"……."

화운룡은 뒤통수를 호되게 얻어맞은 것 같은 충격을 받고 멍해졌다.

여자의 말을 이해하지 못한 것은 아닌데 천외신계와 천중인계를 창시한 사람이 둘 다 천상성계 사람이라는 것에 충격을 받은 것이다.

일남일녀의 설명에 의하면 천외신계와 천중인계의 탄생 신화는 대충 이러했다.

지금으로부터 칠백여 년 전에 한 사람이 세상에는 전혀 알려지지 않은 도리천으로 흘러들어 왔다.

도리천은 인간의 능력으로는 도저히 찾을 수 없는 곳에 위치해 있기에 도리천이 생긴 이래 그때까지 그곳을 제 발로 찾아온 사람은 그가 최초였다.

그는 자신의 이름이 연진외(淵進嵬)라고 소개했으며, 도리천에서 살게 해달라고 간청했다.

도리천 사람들이 심사숙고한 결과 연진외를 받아들이기로 결정했다.

도리천이 생긴 지 수천 년이 지났는데도 그때까지 단 한 명도 제 발로 찾아온 사람이 없었다는 이유가 연진외를 받아들인 이유로 가장 크게 작용했다.

당시 연진외는 삼십이 세의 젊은 청년이었으며 그때부터 도리천의 가족이 되어 그곳의 모든 것들을 향유할 수 있는 자격이 주어졌다.

그로부터 세월이 흘러서 연진외는 도리천 내에서 사랑하는 여인과 혼인을 하게 되었다.

또한 자식들도 주렁주렁 낳아 식구가 점차 불어나서 어느 덧 도리천에 확실하게 뿌리를 내리게 되었다.

그렇게 이십오 년여가 흘렀고 도리천 사람들은 연진외가 완전히 도리천에 적응했다고 믿게 되었다.

그러던 어느 날 연진외가 도리천에서 감쪽같이 사라지는 일이 발생했다.

부인과 자식들은 그대로 있는데 연진외만 흔적 없이 사라진 것이다.

도리천 사람들은 연진외를 찾으려고 내부에서부터 점차 외부로 차근차근 세밀하게 수색해 나갔다.

그러나 한 달에 걸쳐서 도리천 내부와 외부 백여 리 일대를 샅샅이 뒤졌지만 끝내 연진외를 찾아내지 못했다.

도리천에 외부인이 침입하여 연진외를 납치하거나 죽였을 가능성은 절대로 없다.

그만큼 도리천은 철옹성이다. 설혹 백만 대군이 한꺼번에 공격하더라도 도리천을 무너뜨릴 수는 없다.

그러나 그 일로 인해서 도리천은 그곳에 그대로 존속할 수가 없게 되었다.

이제 도리천 사람이 됐다고 믿었던 연진외가 도리천을 떠났기 때문이다.

그것은 도리천이 외부에 노출됐다는 뜻이고 언제라도 연진외를 비롯한 외부인이 나쁜 의도나 그 밖의 다른 의도로 도리천에 찾아와서 괴롭힐 수 있다는 의미다.

그래서 도리천은 수천 년 동안 살아온 터전을 버리고 그곳을 떠나야만 했다.

그렇지만 도리천은 도망친 배신자 연진외에 대한 조치를 잊지 않았다.

왜냐하면 연진외가 도리천에 들어와서 오랜 세월 동안 살았던 목적이 도리천이 보유한 천상의 절학을 배우기 위해서라는 결론을 내렸기 때문이다.

도리천에는 수천 년 동안 갈고 닦아온 그들만의 절세무학이 있으며 오로지 도리천 사람만이 그걸 익힐 수가 있다.

연진외는 처음부터 도리천 절학을 배울 목적으로 도리천에 찾아왔던 것이다.

그러고는 이십오 년 동안 절학을 연마하고 목적을 이루었다는 결론을 내리고 떠난 것이다.

하지만 연진외가 이십오 년 동안 연마했다고 해서 도리천 절학을 다 배운 것은 아니다.

연진외는 이십오 년 동안 도리천 전체 절학의 사 할 남짓 배운 것이며 그마저도 제대로 전개하려면 수십 년 동안 더 연마해야만 한다.

연진외는 자신의 살아생전에 도리천 절학을 완성해서 써먹으려고 도리천에 찾아들어 도둑질해서 배운 것은 아닐 터이다.

그의 목적이 무엇이든지 간에 도리천으로서는 반드시 연진외를 붙잡아야만 했다.

연진외를 치죄하는 것은 두 번째 일이다. 그에게서 도리천 절학을 회수하는 것이 급선무다.

도리천으로서는 최악의 사태가 일어나기 전에 연진외를 잡아들여야만 했다.

최악의 사태란 연진외로 인해서 퍼져 나간 도리천의 절학이 살인의 도구로 사용되어 세상을 어지럽게 되는 경우다.

그래서 도리천에서는 연진외를 추적하여 잡아들이기 위해서 일급고수 한 명을 세상에 내보냈다.

그의 이름은 조비(曺飛)인데 나중에는 무림에 무극선인(無極仙人)으로 더 많이 알려졌다.

화운룡은 적잖이 놀랐다.

"솔천사의 사부인 무극선인 말이오?"

"그렇습니다."

청년이 미소 지으면서 대답했다.

솔천사는 화운룡의 사부이며 제칠대 사신천제였다.

화운룡은 크게 놀라서 벌떡 일어났다.

"무극선인이 도리천 사람이었소?"

"솔천사도 도리천 사람입니다."

"아……."

"무극선인은 솔천사의 사부가 아닙니다. 도리천에서는 근 백 년 단위로 한 사람씩 세상에 내보냈으며 솔천사 화림(華琳)이 일곱 번째입니다."

"사부님 존함이 화림이오?"

"그렇습니다."

"그렇다면 솔천사는……."

"천외신계가 붙인 별호입니다."

"허어……."

도리천에서는 연진외나 그가 키운 세력을 찾으려고 무극선 인 조비부터 솔천사 화림까지 총 일곱 명을 내보냈다.

그런데 여덟 번째에 이르러서 도리천 사람이 아닌 속세의 화운룡이 천중인계의 사신천제 지위를 이어받은 것이다.

아까 일남일녀는 화운룡을 처음 보는 자리에서 사신천제라고 말했었다.

그것은 도리천이 이미 화운룡을 제팔대 사신천제로 인정했다는 뜻이다.

"처음에 도리천에서 중원으로 파견한 무극선인 조비 혼자서 연진외를 비롯한 그와 연관이 있는 사람들이나 단서를 찾아내는 일은 매우 벅찼습니다. 그래서 조비는 중원에서 믿을 만한 사람들을 거두어서 수하로 삼아 연진외 찾는 일을 돕도록 했으며, 그렇게 대를 거듭하여 칠백여 년의 오랜 세월이 흐르는 동안 수하의 수가 불어나서 현재의 사신천가 네 가문이 된 것입니다."

곰곰이 생각하던 화운룡은 뭔가 짚이는 것이 있어서 조심스럽게 물어보았다.

"도리천 사람이 아닌 내가 제팔대 사신천제가 될 수 있었던 것은 사부님 솔천사께서 천외신계에 불의의 죽음을 당하셨기 때문이오?"

일남일녀는 화운룡이 총명해서 마음에 드는 듯 흡족한 미소를 지으며 고개를 끄떡였다.

"그렇습니다. 그대도 알다시피 솔천사 화림은 도리천에 돌아오지 못하고 팔창산에서 죽음을 당하고 말았습니다. 그리고 우리가 솔천사의 죽음을 확인하기도 전에 그대가 그의 유체를 발견하고 대를 잇게 된 것이지요."

그렇지만 화운룡이 솔천사의 유시를 이어받아서 무극사신 공을 연마하여 제팔대 사신천제가 되었던 시기에는 천외신계가 출현하지 않았었다.

아니, 천외신계 십존왕들이 솔천사를 죽이기는 했으나 화운룡이 십절무황이 되고 천하제일인이 되어 팔십사 세까지 지내는 동안 천외신계는 끝내 나타나지 않았었다.

"그렇다면 혹시 당신들이 나를……?"

일남일녀는 해맑은 미소를 지었는데 그것이 화운룡의 눈에는 의미심장한 미소로 보였다.

"그렇습니다. 우리가 그대를 미래에서 과거로 회귀시켰습니다. 그대는 기대했던 것보다 훨씬 똑똑하군요."

"허어……."

화운룡은 신기하면서도 어이없는 표정을 지었다.

"그게 쌍념절통이오?"

"그렇습니다."

화운룡은 번뜩 생각나는 것이 있었다.

"혹시 연진외라는 사람도 쌍념절통을 알고 있소? 아니, 그걸 전개할 수 있는 것이오?"

청년이 이번만큼은 환한 표정을 짓지 못하고 진지한 얼굴로 고개를 끄떡였다.

"그렇습니다."

화운룡의 머릿속에서 엉킨 실타래가 풀리고 있다.

"그렇다면 연진외는 혹시 고구려 사람이 아니오?"

일남일녀는 감탄하는 표정을 지었다. 그리고 여자가 천천히 고개를 끄떡였다.

"그것까지 유추해 내다니 대단하군요. 맞아요. 연진외는 고구려 사람이었어요."

*   *   *

여자가 흥미로운 표정으로 물었다.

"연진외가 고구려 사람이라는 걸 어떻게 알았죠?"

이즈음에서 화운룡이 알게 된 사실인데 일남일녀는 조금도 세속의 때가 묻지 않았다.

화운룡은 담담하게 설명했다.

"천외신계 즉, 천신국은 다섯 개 민족으로 구성되어 있는데 천신국을 개국하였으며 또한 그들을 지배하는 민족이 바로 고구려인들이었소."

일남일녀는 잠자코 듣기만 하는데 눈이 반짝거렸다.

"아까 연진외가 도리천에 찾아간 시기가 칠백여 년 전이라고 말했소?"

"그렇습니다."

"그렇다면 그 시기는 고구려가 당나라에게 멸망하고 얼마 지나지 않았을 때였소. 연진외는 고구려를 다시 일으키기 위한 힘을 얻으려고 도리천에 찾아간 것 같소."

"그렇습니다. 연진외는 도리천의 절학이 필요했던 것입니다. 그는 이십오 년 동안 도리천의 절학을 배운 후에 도리천을 떠나서 자신들의 동족인 고구려 유민들이 있는 곳으로 돌아갔습니다."

화운룡은 고개를 끄떡였다.

"연진외는 고구려 중에서도 연신가 사람이었소. 그래서 그가 도리천을 나와서 돌아간 곳은 연신가였을 것이오. 이후 그는 연신가 사람들에게 도리천의 절학을 가르쳤을 것이오."

일남일녀는 깜짝 놀랐다.

"연신가까지 알고 있습니까?"

"그대는 정말 대단하군요?"

화운룡은 손을 내저으며 설명을 이었다.

"연신가는 수백 년 동안 머나먼 동쪽의 백두산에 칩거하고 있었으므로 도리천에서 파견한 사신천제들이 찾아내지 못했을 것이오."

"정확합니다. 우리는 최근에야 그 사실을 알아냈습니다."

"그러다가 작금에 이르러서 연신가가 주축이 된 고구려인들이 중원의 동서남북 변방을 떠도는 여러 부족들을 규합하고 정벌하여 천신국을 이룩하였는데 중원에서는 그들을 천외신계라고 부르는 것이오."

"맞습니다."

화운룡은 눈을 반개하고 두 손을 깍지 끼고는 청년과 여자를 지그시 바라보았다.

"나를 과거로 회귀시킨 이유가 무엇이오?"

"천외신계의 세력이 생각했던 것보다 너무 방대해진 탓에 도리천에서 한두 명을 파견해서는 도저히 처리할 수 없을 것 같아서였습니다."

"솔직하군."

"그렇다고 해서 도리천이 세상으로 나와서 천외신계를 상대하는 것은 원칙적으로든 어느 면으로든 바람직하지 않았습니다. 그래서 그대를 과거로 회귀시킨 것이지요."

"나라면 천외신계를 물리칠 수 있을 것 같았소?"

"도리천에서는 미래의 그대를 줄곧 지켜봤습니다. 물론 그대가 솔천사 화림의 후인이 되고 난 이후입니다만, 어쨌든 우리는 그대라면 천외신계를 훌륭하게 물리칠 것이라고 판단했습니다."

화운룡은 씁쓸한 표정을 지었다.

"하지만 보다시피 나는 천외신계에 한 번 크게 패했었소."

청년이 빙그레 미소 지었다.

"우리는 그대가 조금 더 빨리 여의도리(如意忉利)의 비밀을 풀 줄 알았습니다."

화운룡은 오른손을 들어서 손목에 차고 있는 천성여의를 보여주었다.

"이것이 여의도리요?"

"그렇습니다. 도리천우(忉利天友)는 모두 여의도리를 지니고 있습니다."

청년과 여자는 동시에 오른손을 들어보였는데 손목에 화운룡과 똑같은 천성여의, 아니, 여의도리를 차고 있었다.

청년의 말에 의하면 도리천에 사는 사람을 '도리천우'라 부르고 그들 모두는 신물처럼 여의도리를 손목에 차고 있는 모양이다.

"여의도리에는 도리천의 절학 일곱 가지가 담겨 있습니다. 우린 과거로 회귀한 그대에게 솔천사 화림을 통해서 여의도리를 전한 것입니다."

"흠, 나는 여기에 신경 쓸 겨를이 없었소."

"그랬겠지요. 그대 정도 총명한 두뇌라면 마음만 먹으면 손쉽게 여의도리의 비밀을 풀었을 겁니다."

"아부하지 마시오."

"아부라니요……?"

청년이 조금 당황해서 머쓱한 표정을 짓자 여자가 우습다는 듯 손으로 입을 가리고 소리 죽여서 쿡쿡 웃었다.

화운룡이 슬쩍 쳐다보자 여자는 웃음을 멈추고 살며시 눈을 내리깔았다.

"내가 당신들 이름을 알아야 하오?"

여자가 내리감고 있던 눈을 치뜨면서 화운룡을 쳐다보는데 살짝 곱게 흘기는 듯한 느낌이다.

"우리 이름을 알아야 할 필요는 없지만 알아서 나쁠 것도 없어요."

그녀는 청년과 자신을 번갈아 가리켰다.

"오라버니는 화결(華潔)이고 저는 화란(華瀾)이에요. 우린 남매예요."

화운룡은 묘한 표정으로 지그시 두 사람을 쳐다보았다. 그들이 화씨라는 사실을 그냥 넘기기 어려웠다.

우연일 수도 있지만 아닐 수도 있으며 뭔가 있을 것 같은 느낌이 들었다.

"혹시 두 사람은 나하고 어떤 관계가 있소?"

여자 화란이 무슨 생각을 했는지 손으로 입을 가리고 풋! 하고 웃고 나서 웃음기 서린 목소리로 말했다.

"속세의 방식으로 말해볼까요?"

"그러시오."

화란이 갑자기 엄숙한 표정을 지으며 손으로 화운룡을 가리키면서 꾸짖었다.

"예끼 이놈! 운룡아! 내가 네놈의 할미다! 예의를 갖추지 못하겠느냐?"

"……."

화운룡은 멍한 표정을 지었다가 깜짝 놀라며 공손히 자세를 바로잡았다.

"혹시 항렬이 제 할머니이십니까?"

화란은 얼굴을 붉혔다.

"그래요. 나와 그대는 같은 화씨 일족이에요."

"그럼 본향이……."

"산동 구운촌(邱雲村)이에요."

화운룡의 화씨 일족은 본향이 산동 구운촌이다.

"아……."

화운룡은 적잖이 감탄하며 화결을 가리켰다.

"그럼 이분은 할아버님이로군요."

"그런 셈이죠."

화결이 담담하게 말했다.

"솔천사 화림은 저희들의 친조부이시며 그대에겐 그리 멀지 않은 고조부가 될 겁니다."

"아……."

화운룡은 뭔가 알 수 없는 찌릿한 느낌과 따스한 기운이 가슴을 스치는 것을 느꼈다.

화란이 차분하게 말했다.

"우리는 그대가 동태하 전투에서 천여황에게 죽었다고 생각했어요. 그렇지만 도리천의 점성술사가 그대의 운을 점치고는 아직 살아 있다고 말했어요."

화결이 고개를 끄떡였다.

"만약 그대가 동태하 전투에서 죽었다면 도리천은 어려운 선택을 할 수밖에 없었을 겁니다."

"천외신계가 너무 커졌기 때문에 도리천이 직접 나서서 천외신계를 토벌하는 것이오?"

"그렇습니다. 그런데 그대가 살아 있다는 말을 듣고 얼마나 기뻤는지 모릅니다."

화운룡은 빙그레 웃었다.

"할아버님과 할머님으로서 말이죠."

이번에도 화결은 빙그레 미소 짓는데 화란은 두 손으로 얼굴을 가리고 쿡쿡! 거리며 웃음을 겨우 참았다.

화운룡은 그로부터 한 시진 정도 더 화결, 화란 남매와 대화를 나눈 후에 방에서 나왔다.

대전에는 옥봉과 항아, 연종초, 소진청, 염교교, 홍예, 그리고 북궁연과 은예상 등이 있었지만 다들 몹시 긴장한 터라서 흐트러진 모습을 보이지 않았다.

화운룡을 뒤따라 화결, 화란 남매가 나와 세 사람은 중인이 있는 곳으로 걸어와서 멈추었다.

화결이 화운룡 어깨에 손을 얹고 중인에게 말했다.

"이 사람이 제팔대 사신천제니까 그리 아십시오."

소진청과 염교교, 홍예는 당연하다는 표정이지만, 북궁연과 은예상 쪽 사람들은 크게 놀랐다.

그러자 북궁연이 화결, 화란에게 물었다.

"그렇다면 당신들은 누구십니까?"

화운룡이 화결과 화란에게 공손히 포권을 해 보이며 굽실 허리를 굽혔다.

"이 두 분은 내 할아버님과 할머님이시다."

"네에?"

"그게 무슨……."

중인은 어리둥절한 표정을 지으며 화운룡과 화결, 화란 남매를 번갈아 쳐다보았다.

그때 웃음 많은 화란이 끝내 웃음을 참지 못하고 파안대소를 터뜨렸다.

"아하하하하핫!"

화운룡이 점잖은 목소리로 넌지시 지적했다.

"할머님, 목젖이 다 보여서 흉합니다."

화란은 배를 움켜잡고 숨이 넘어갈 것처럼 자지러졌다.

"꺄아아! 목젖이… 아하하하핫!"

"할머님, 그렇게 웃으시다가 방귀라도……."

"그, 그만! 이놈아! 너는 끝내 이 할미 죽는 꼴 보려고 그러느냐? 꺄아아! 학학학학!"

화란은 미친 듯이 발버둥 치면서 할딱거리며 웃었다.

화운룡이 한마디 더 하려니까 화란이 두 손으로 그의 목을 조르면서 눈물을 흘렸다.

"아학학학! 한마디만 더 하면 내 너를 죽일 것이야……! 나 죽어! 꺄학학학!"

그동안 청룡전가 별채에 머물던 화결과 화란 남매, 그리고 그들을 모시던 두 소녀는 떠났다.

화운룡 일행은 청룡전가 본채 접객실에 안내되었다.

북궁연과 모친, 총관 그리고 은예상은 화운룡에게 죄스러운 마음 때문에 어쩔 줄 몰랐다.

속사정이야 어떻게 된 일인지 모르지만 진짜 사신천제를 놔두고 다른 사람을 사신천제로 모셨기 때문이다.

소진청이 북궁연과 은예상을 나무랐다.

"일전에 그 사람이 천제가 아니라고 내가 말하지 않았느냐?"

"죄송합니다. 그 당시에는……."

"그분이 무극사신공을 워낙 능숙하게 전개하셔서서……."

무극사신공은 도리천 절학 중에 하나이므로 화결과 화란이 능숙하게 전개하는 것은 당연하다.

소진청이 화운룡에게 물었다.

"주군, 그들은 누굽니까?"

그것은 모두들 매우 궁금하게 여기는 일이다. 화결이 누구기에 여태까지 사신천제 행세를 했으며, 진짜 사신천제인 화운룡이 나타났는데도 두 사람이 일체 싸우지 않고 오히려 화기애애한 분위기였느냐는 것이다.

화운룡은 대수롭지 않다는 듯 대답했다.

"진지하게 대화를 해보니까 그들은 사실 우리 집안의 항렬 높은 어르신들이었네. 그동안 나를 대신해서 천제 자리를 맡아주셨던 것이지."

소진청과 염교교는 화운룡이 화결과 화란에 대해 이 자리에서는 말하기가 곤란해한다는 것을 즉시 알아차렸다.

그러나 북궁연과 은예상 등은 화운룡의 말을 곧이곧대로 받아들였다.

"그러셨군요. 그럼 두 분께선 어디로 가셨습니까?"

소진청이 짐짓 알은체했다.

"화씨 문중으로 가셨겠지 어디로 가셨겠나?"

"아… 그렇군요."

화운룡이 화제를 바꾸었다.

"청룡전가주는 언제 오는가?"

북궁연의 모친이며 청룡전가주 북궁선휘(北宮宣輝)의 부인 상호연(尙皓蓮)이 공손히 대답했다.

"가주는 무언가를 좀 알아보려고 한 달 전에 길을 떠났는데 언제 돌아올지 모르겠군요."

사십 대 초반의 상호연은 눈썹이 매우 짙은 데다 오뚝한 콧날과 매끈한 입술을 지니고 있어서 강단 있는 성품인 것을 엿볼 수 있다.

또한 얼굴이 갸름하고 목이 긴 편이라서 우아한 아름다움을 지녔다.

상호연 옆에는 십팔구 세의 소녀가 다소곳이 앉아서 화운룡을 말끄러미 바라보고 있으며 상호연과 매우 닮은 것으로 미루어 딸인 것 같았다.

화운룡이 그녀에게 시선을 주자 상호연이 공손히 그녀를 가리키며 소개했다.

"속하의 여식이에요. 어서 천제께 인사 올려라."

소녀는 깜짝 놀라서 허둥거리며 일어서더니 포권을 하지 않고 두 손으로 상의 옷자락을 잡으며 깊이 허리를 굽혔다.

"천제를 뵈어요. 소녀는 북궁운설(北宮雲雪)이에요."

"운설⋯⋯."

화운룡은 불현듯 운설이 생각나서 북궁운설의 인사도 받지 않고 아련한 표정을 지었다.

하필이면 북궁운설이 화운룡의 최측근 중에서도 최측근이었던 운설과 이름이 같아서 갑자기 그를 심란하게 만들었다.

북궁운설은 우두커니 서서 어쩔 줄 모르고 화운룡의 눈치만 살폈다.

그때 화운룡이 왜 그러는지 짐작하는 옥봉이 북궁운설에게 조용히 물었다.

"운설이라는 이름을 누가 지었나요?"

"아버님께서 지으셨어요."

상호연이 대답했다.

"아버님이라면……."

"시아버님이에요."

"계신가요?"

북궁연이 재빨리 밖으로 달려 나갔다.

"제가 모셔 오겠습니다."

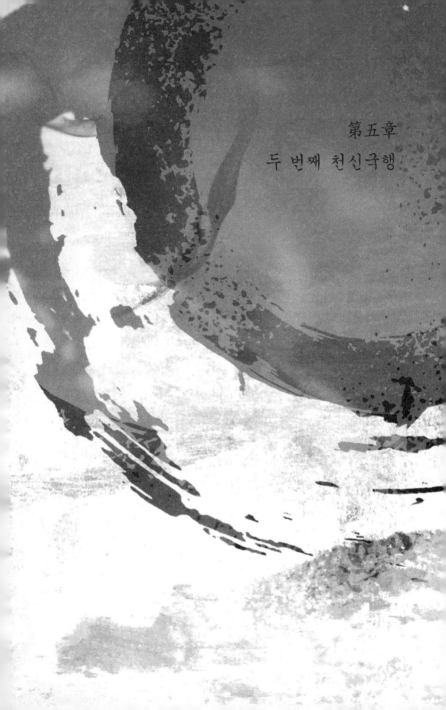

第五章
두 번째 천신국행

상호연이 조금 안타까운 표정을 지으며 설명했다.

"아버님께선 현재 칠십오 세이며 연로하신 탓에 거동이 불편하십니다."

"칠십오 세가 무에 연로하다는 겐가?"

"아……."

화운룡이 툭 내뱉자 상호연은 찔끔했다.

화운룡은 미래에 팔십사 세에도 정정하게 펄펄 날아다녔었고 뭐 재미있는 일이 없을까 찾다가 우화등선이라는 것을 시도했던 것이다.

그런데 상호연의 시아버지는 기껏 칠십오 세에 연로하다고 골골한다니까 설핏 짜증이 났다.

아마도 북궁운설 이름 때문에 불현듯 운설이 생각나서 그런 것일 게다.

옥봉이 북궁운설을 앉게 했지만 그녀는 자신이 무얼 잘못했는지 알지 못해서 좌불안석 어쩔 줄 모르는 얼굴이다.

굳이 시아버지까지 불러올 일은 없는데 옥봉이 괜한 일을 한 것 같지만 화운룡은 내색하지 않고 잠자코 있었다.

그러면서 이제부터 어떻게 할 것인지를 궁리하기 시작했다.

그리고 잠시 후 접객실 밖에서 목에서 가래가 끓는 그렁그렁한 목소리가 들렸다.

"오오… 천제께서 오셨다고……."

뒤이어서 접객실 안으로 들어서는 사람을 보고 화운룡은 저절로 얼굴이 찌푸려졌다.

북궁연에게 업혀서 들어오는 사람은 지금 당장 관에 들어간다고 해도 전혀 이상하지 않을 병색이 완연하며 꾀죄죄한 몰골의 계피학발 노인이었다.

북궁연은 노인을 화운룡 맞은편 의자에 조심스럽게 내려서 앉혀주었다.

노인을 앉히는 데 상호연과 북궁운설이 정성껏 돕는 것을 보고 이들 며느리와 손주들이 조부를 매우 극진하게 모신다는 사실을 알 수 있었다.

노인은 제대로 앉지도 못해서 자꾸 옆으로 쓰러지고 앞으로 고꾸라지려는 것을 양옆에 앉은 상호연과 북궁운설이 붙잡아서 지탱해 주었다.

그러면서도 노인은 화운룡에게 알은체를 하려고 입에서 침을 흘리면서 주절거렸다.

"다들 잘 보아라… 이분께서 진짜 천주이시다……."

상호연이 노인 때문에 조금 울상을 지으며 말했다.

"아버님께선 지난번 천제를 보시고 절대 천제가 아니라고 말씀하셨어요."

"쿨럭! 내가 뭐랬느냐? 진짜 천제께서 오신다고 그랬잖느냐……? 콜록! 커킥!"

노인은 심하게 기침을 하면서도 기고만장해서 두 팔을 이리저리 휘둘렀다.

화운룡은 노인의 말에서 뭔가를 느꼈다.

"나를 아시오?"

"어헛헛! 알다마다요? 천제 아니십니까? 쿨럭……."

화운룡이 보기에 노인은 정신이 오락가락하는 것 같았다.

"주화입마에 들었소?"

상호연이 대답했다.

"십삼 년 전에 폐관했다가 주화입마에 드셔서 쓰러진 이후

나날이 쇠약해지셨어요."

슥—

화운룡은 손을 뻗어 노인의 손목을 잡고 약간의 명천신기
를 주입했다.

"아아……."

그러자 갑자기 노인이 부르르 세차게 몸을 떨면서 눈을 허
옇게 까뒤집었다.

"아버님!"

"할아버지!"

상호연과 북궁연, 북궁운설이 크게 놀라서 부르짖었다.

화운룡이 손목을 놓으니까 노인은 흐느적거리던 상체를 꼿
꼿하게 세우더니 곧 벌떡 일어섰다.

"속하 북궁창성(北宮創成)이 천제를 뵈옵니다."

노인 북궁창성은 탁자 옆으로 나와서 화운룡을 향해 넙죽
큰절을 올리는데 조금도 흐트러지지 않는 행동이다.

상호연과 북궁연 등은 소스라치게 놀라서 소리치며 우르르
일어섰다.

화운룡은 부복한 채 꼼짝도 하지 않고 있는 북궁창성을 물
끄러미 굽어보았다.

'이 사람은 주화입마에 들어서 청룡전가 가주 자리를 아들
에게 물려주었군.'

사정이 어떻더라도 사신천가 사람이, 더구나 가주의 부친이 이 지경이어서는 안 된다는 것이 화운룡의 생각이다.

화운룡은 북궁연 남매와 상호연, 그리고 은예상을 차례로 둘러보다가 일어섰다.

"빈방을 하나 내어다오."

"빈방이라니……."

그의 말에 상호연 등이 어리둥절한 표정을 짓자 옥봉이 설명해 주었다.

"용공께서 노인을 치료하시려는 거예요. 어서 침상이 있는 깨끗한 방으로 안내하세요."

상호연은 화들짝 놀라더니 서둘러 앞장서 안내했다.

"어서 이리로……."

"아아……."

화운룡이 반시진여에 걸쳐서 주화입마에 들었던 것을 치료한 것은 물론이고 생사현관 타통에 탈태환골, 벌모세수까지 해주어 북궁창성은 기쁨과 감격에 겨워서 탄성만 터뜨릴 뿐 아무 말도 하지 못했다.

방바닥에 반듯하게 누워 있는 북궁창성은 자신의 온몸 모공에서 배출된 더러운 노폐물 액체로 범벅이 되어 지저분하고 악취가 진동했다.

화운룡은 미리 준비해 놓은 커다란 물통에 담긴 물에 헝겊을 적셔서 북궁창성의 몸을 닦아주었다.

"주군……."

북궁창성이 화들짝 놀라서 일어나려는 것을 화운룡이 가슴을 지그시 눌러 만류했다.

"아직 움직이면 안 되니까 일각 후에 움직이게."

생사현관 타통과 벌모세수, 탈태환골을 연달아서 한 상태라 북궁창성의 체내가 혼돈 그 자체일 것이다.

화운룡은 물 적신 헝겊으로 그의 몸을 깨끗하게 다 닦아준 후에 말했다.

"일어나 앉아서 운공조식을 해보게."

운공조식을 한 후에 북궁창성은 감개무량한 얼굴로 화운룡 앞에 엎드려서 통곡하듯이 울어댔다.

"천제시여……."

북궁창성은 십삼 년 전에 주화입마에 들었던 것이 말끔하게 치료됐으며 생사현관 타통에다 벌모세수에 탈태환골까지 되었다는 사실을 깨닫고 그저 하염없이 눈물만 흘리면서 감읍할 뿐이다.

화운룡이 말했다.

"옷 입고 나가서 상호연을 들여보내게."

"천제시여……."

너무도 감격한 북궁창성은 화운룡이 무슨 말을 하는지도 알아듣지 못했다.

"어서."

"방금 뭐라고 하셨습니까……?"

척!

북궁창성이 방에서 나오자 상호연 등은 소스라치게 놀라서 눈을 부릅떴다.

"오오… 맙소사……."

방에서 당당하게 걸어 나오고 있는 중년인이 누군지 알아본 사람은 상호연 한 사람뿐이다.

"아… 아버님……!"

북궁창성은 싱글벙글 웃었다.

"오냐. 주군께서 이번에는 너 들어오라고 말씀하셨단다."

북궁창성은 자신의 외모가 오십 대로 회춘했다는 사실을 까맣게 모르고 있다.

상호연은 정신이 반쯤 나가서 다가와 북궁창성의 두 손을 거머잡았다.

"아… 버님. 어떻게 되신 거예요? 저 안에서 도대체 무슨 일이 있었나요?"

북궁창성은 기쁨과 흥분이 천장을 뚫고 솟구칠 기세인 것을 겨우 참았다.

"핫핫핫! 천제께서 노부의 주화입마를 치료해 주신 것은 물론이고 생사현관의 타통과 벌모세수에다가 탈태환골까지 시켜주셨다!"

상호연뿐만 아니라 북궁연과 북궁운설, 은예상과 소진청, 염교교까지 경악했다.

"세상에……."

"저런 맙소사……."

북궁창성은 웃음을 그치지 못했다.

"좋아 보이느냐?"

상호연은 눈물을 글썽거렸다.

"아버님, 회춘하셨어요. 몰라보게 젊어지셔서 제 남편보다 더 어리게 보여요."

"뭐야?"

북궁창성은 화들짝 놀라서 급히 두 손으로 자신의 얼굴을 만져보았다.

그는 자신의 얼굴에 주름이 하나도 없으며 피부가 팽팽해졌다는 사실을 깨닫고 놀랍고도 기뻐서 어쩔 줄 몰랐다.

"주군께서……."

그는 화운룡이 있는 방을 쳐다보면서 다시 통곡하듯이 눈물을 펑펑 쏟았다.

"크흐흑……! 주군께서 노부를 새사람으로 만드셨구나……!"

북궁연과 북궁운설은 주화입마에 들어서 십 년 넘도록 오늘내일하면서 다 죽어가던 할아버지 북궁창성이 아버지보다 더 젊어졌다는 사실에 혼비백산했다.

상호연은 방바닥에 반듯하게 누워 있는데 정신이 하나도 없는 상태다.

그녀는 지난 반시진 동안 한바탕 거센 폭풍우가 자신의 몸에서 일어난 것 같아서 가만히 누워 정신을 수습하느라 여념이 없었다.

화운룡이 물통에서 헝겊을 적셔서 그녀의 몸에 묻은 더러운 액체를 꼼꼼하게 닦아주고 있다.

"주군……."

"가만히 누워 있어라. 아직 움직이면 안 된다."

누워 있거나 말거나 상호연은 지금 손가락 하나 까딱할 수 없는 상태다.

"일각쯤 지나면 흩어졌던 기가 다시 단전에 모여서 응집될 것이다."

상호연은 온몸에 감각이 없었는데 화운룡이 물에 적신 헝겊으로 자신의 몸을 닦고 있는 것이 차츰 느껴졌다.

"으흐흐흑……!"

화운룡이 생사현관 타통에 벌모세수, 탈태환골까지 다 시켜주었다는 사실을 깨닫고, 아니, 온몸으로 확인하고는 상호연은 방바닥에 가부좌로 앉아서 운공조식을 끝내자마자 울음을 터뜨렸다.

"흑흑흑……! 주군! 제가 공력이 사백 년이 됐어요… 어떻게 이런 일이……."

그녀는 방금 운공조식을 해보고서 자신의 원래 이백 년 공력이 사백 년으로 급증한 것을 확인했다.

그녀와 마주 앉은 화운룡이 물었다.

"별 이상은 없느냐?"

상호연은 비 오듯이 눈물을 흘리며 연신 고개를 숙이며 감사했다.

"고맙습니다. 주군……."

"흐음."

화운룡이 고개를 갸웃거리자 상호연은 눈물을 흘리면서 의아한 표정을 지었다.

"왜 그러십니까?"

"너 몇 살이냐?"

"마흔넷이에요."

화운룡은 고개를 모로 꼬았다.

"지금 너의 외모는 기껏해야 이십 대 후반으로 보이니까 밖에 나가거든 조심해라."

"저… 정말인가요?"

상호연은 눈을 휘둥그렇게 떴다.

화운룡은 고개를 끄떡였다.

상호연은 와락 화운룡에게 안기며 울음을 터뜨렸다.

"으흐흑! 고마워요! 주군……!"

그녀는 아기처럼 울면서 그의 품으로 파고들었다.

"이 은혜는 죽어도 잊지 않겠어요… 흑흑흑……!"

화운룡은 그녀의 등을 쓰다듬었다.

"나가서 아이들을 한 명씩 들여보내라."

"네, 주군."

상호연은 눈물을 그치지 못하면서 일어나서 비틀거리며 문으로 걸어갔다.

"옷은 입어야지."

"아!"

화운룡의 말에 상호연은 자신의 벌거벗은 몸이라는 사실을 그제야 깨닫고 화들짝 놀랐다.

그녀는 침상 아래에 흩어져 있는 자신의 옷을 조심스럽게 입으면서 살짝 화운룡을 쳐다봤는데 그는 다른 곳을 쳐다보면서 생각에 잠겨 있었다.

화운룡을 바라보는 그녀는 갑자기 부끄러움이 확 몰려왔
다.

화운룡이 이왕 내친김에 소진청과 염교교까지 생사현관 타
통과 벌모세수, 탈태환골을 해주고 나니까 자정이 훌쩍 넘은
시각이 되었다.

소진청이 흐뭇한 미소를 지으며 보고했다.

"주작운가와 현무벽가에는 모이라고 서찰을 보냈습니다."

"얼마나 기다려야 하는가?"

"내일 자정 전까지 도착할 것입니다."

화운룡은 잠시 생각하다가 말했다.

"다들 모여라. 할 얘기가 있다."

항아가 덧붙였다.

"술상을 보는 게 좋겠어요."

술을 좋아하는 화운룡을 위해서다.

*　　　　　*　　　　　*

자정이 넘은 시각인데도 청룡전가의 안주인 상호연은 거하
게 술상을 내왔다.

자신을 비롯하여 아들과 딸은 물론이고 주화입마에 들어서 십여 년 넘게 죽을 날만 기다리면서 골골거리던 시아버지까지 병이 말끔하게 낫고 생사현관 타통에 벌모세수, 탈태환골까지 꿈도 꾸지 못했던 횡재를 했으니 술상이 아니라 기둥뿌리를 뽑으라고 해도 마다하지 않을 일이다.

접객실에는 커다란 탁자에 구수하고 향긋한 요리와 술이 가득 차려졌으며 탁자 둘레에 화운룡 일행과 백호뇌가 소진 청 가족, 청룡전가 사람들, 그리고 은예상이 둘러앉았다.

화운룡에게 생사현관 타통과 벌모세수, 탈태환골의 은혜를 입은 사람들이 앞다투어 그에게 술을 따랐다.

잠깐 동안에 이십여 잔의 술을 마신 화운룡은 빈 잔을 내려놓고 얘기를 꺼냈다.

"이제부터 사신천가가 무슨 일을 해야 하는지 말하겠다."

다들 들고 있는 술잔을 내려놓고 자못 긴장한 얼굴로 화운룡을 바라보았다.

화운룡은 진지한 표정을 지었다.

"중원 내의 천황파를 주살하는 것이다."

다들 긴장된 표정인데 북궁운설이 화운룡을 빤히 주시하면서 말했다.

"막연하게 천황파를 주살하라시면 어쩝니까? 누가 천황파인지 우리가 어떻게 알지요?"

"설아."

북궁창성과 상호연이 깜짝 놀라서 북궁운설을 쏘아보고 다른 사람들은 얼굴을 찌푸렸다.

감히 천제를 정면으로 빤히 주시하면서 대들듯이 따지는 사람은 이제껏 아무도 없었다.

그래도 북궁운설은 수그러들지 않고 제 할 말을 했다.

"중원 내의 천황파가 누군지 알려주시든가, 아니면 천황파를 색출하는 방법을 가르쳐 주세요."

"설아! 네가 정녕 혼이 나야겠구나!"

"설아!"

북궁운설은 발딱 일어섰다.

"제 말이 틀렸어요? 천황파가 누군지 어떻게 알고 죽인다는 건가요?"

화운룡은 고개를 끄떡였다.

"설아 말이 맞다."

북궁운설은 코를 세우고 거들먹거렸다.

"거봐요. 흥!"

"나는 중원 내의 천황파를 어떻게 찾아내는지에 대해서 설명하려고 했다."

"네?"

화운룡의 말에 북궁운설이 의아한 표정을 지었다.

"내가 설명을 하기도 전에 설아가 먼저 치고 나온 거지."

"주군……"

"설아 말이 맞긴 한데 성격이 정말 불같구나. 나는 말할 기회를 잡지 못했다."

북궁운설은 얼굴이 빨개져서 아무 말도 하지 못하고 고개를 푹 숙였다.

평소에는 이러지 않는 북궁운설이 어째서 오늘따라 성격급한 아이가 됐는지 엄마인 상호연은 짐작할 수 있다.

올해 십칠 세 어린 소녀가 천제이며 주군인 화운룡 앞에서 나신을 보인 것 때문에 부끄러워서 이러는 것이다.

부끄럽기는 엄마인 상호연이라고 해도 마찬가지인데 어린 북궁운설은 여북하겠는가.

그렇지만 그녀는 괜히 나신이 된 것이 아니다. 천제인 화운룡이 북궁운설의 나신을 보자고 억지로 옷을 벗긴 것이 아니라는 말이다.

북궁운설만이 아니라 이곳에 있는 모든 사람들은 화운룡 앞에 옷을 벗고 나신이 된 대가로 어마어마한 것을 얻었다.

생사현관 타통과 벌모세수, 탈태환골이 될 수 있다면 나신이 아니라 그보다 훨씬 더한 것이라도 할 수 있다.

그런데도 어린 소녀인 북궁운설은 너무도 잘생긴 주군에게 나신을 보이고 또 추궁과혈수법을 당한 일이 마냥 부끄럽기만

한 것이다.

"현재 중원에는 천신국 네 명의 초후가 있으며 그들이 천황파를 색출하고 있는 중이다."

이곳에 있는 사람들은 천신국에 대한 지식이 상당하므로 초후가 무엇인지 잘 알고 있다. 다만 화운룡만큼은 모르고 있을 뿐이다.

"자네들은 각 초후를 도와 그의 휘하에서 암약하고 있는 천황파를 은밀하게 주살하라."

북상하는 동안 연종초가 네 명의 초후와 연락을 해보니까 자신들 휘하의 천황파들을 색출하는 것은 다 했는데 워낙 수가 많아서 제거하는 데 시일이 오래 걸린다는 것이다.

화운룡이 연파란과 연분홍, 연조음 등 천황파 우두머리들을 제거하는 것과 비슷한 시기에 중원의 천황파들이 제거돼야만 한다.

소진청이 공손히 물었다.

"언제까지 중원의 천황파를 모두 제거해야 합니까?"

"빠를수록 좋다."

젊음을 되찾은 북궁창성이 낭랑한 목소리로 물었다.

"천제께서 속하들을 지휘하시는 것입니까?"

화운룡은 고개를 가로저었다.

"나는 천신국에 우두머리를 죽이러 갈 것이다."

중인은 깜짝 놀라 웅성거렸다.

"천황입니까?"

"천황 위에 진짜 우두머리가 두 명 더 있네."

"아……."

여태 잠자코 있던 북궁연이 연종초를 한 번 힐끗 보고 나서 화운룡에게 조심스럽게 물었다.

"주군, 그들 세 명은 천여황보다 더 고강합니까?"

중인의 시선이 일제히 연종초에게 집중됐다.

아까 화운룡이 모두의 생사현관 타통 등을 해주고 있을 때 연종초는 사람들에게 자신의 신분을 밝혔다.

어차피 북궁연과 은예상이 알고 있는 사실이라서 나중에라도 알게 될 텐데 본인의 입으로 먼저 밝히는 것이 좋겠다는 생각에서였다.

더구나 옥봉은 연종초가 화운룡의 셋째 부인이라는 사실을 밝혔기에 좌중은 한 번 더 뒤집어졌었다. 그 역시 북궁연과 은예상이 알고 있어서 나중에 알게 될 일이었다.

"네가 말해라."

"네, 서방님."

화운룡의 지시에 연종초가 공손히 고개를 숙이자 중인은 버쩍 얼어붙어서 실감이 가지 않는 표정을 지었다.

아까까지만 해도 사신천가의 제일 적은 천외신계의 우두머리 천여황이었는데, 지금은 천여황이 존경해 마지않는 천제의 셋째 부인인지라 어떻게 이런 일이 있을 수 있는 것인지 그저 놀랍기만 할 따름이다.

연종초는 꼿꼿한 자세로 중인을 한차례 둘러보고 나서 나직하지만 차가운 목소리로 말했다.

"두 명은 나보다 반 수 아래지만 한 명은 나보다 반 수 위일 것 같아요."

그녀가 이곳의 중인들을 깔봐서가 아니라 원래 어느 누구에게도 해보지 않은 공손함이다.

그녀가 자연적으로 공손해지는 사람은 화운룡과 옥봉, 항아뿐이다.

연종초가 얼마나 고강한지 한 차례 견식한 적이 있는 북궁연과 은예상은 그녀의 말에 망연자실해졌다.

북궁연과 은예상이 경험한 연종초의 무위는 가히 산의 경지에 올라 있었다.

그런데 천황파의 우두머리가 세 명이나 되고, 그들 중에 두 명이 천여황보다 반 수 아래며 한 명이 반 수 위라니 실로 경악할 일이 아닐 수 없다.

솔직히 연종초의 무위를 견식한 북궁연과 은예상은 그녀가 화운룡보다 고강할 것이라고 짐작했다.

이를테면 그녀가 당금 천하에서 단연 최고수라고 할 수 있는 것이다.

북궁연과 은예상에게서 연종초의 무위에 대해서 설명을 들은 중인은 무거운 표정으로 침묵을 지켰다.

소진청과 염교교는 몹시 어두운 표정이다. 화운룡의 무위에 대해서 잘 알고 있기 때문이다.

그들이 생각하기에 화운룡의 무위는 연종초에게도 미치지 못하고 천외신계 우두머리 세 명에게는 무조건 하수일 것이라는 판단이다.

연종초는 홍예가 아까부터 자신을 싸늘하게 노려보고 있는 것이 영 신경 쓰이다가 기어코 한마디 했다.

"어째서 나를 노려보는 건가요?"

홍예는 연종초가 화운룡의 셋째 부인 즉, 하늘같은 상전이라고 해서 무조건 굽실거리지 않았다.

그녀는 연종초를 똑바로 쏘아보면서 날 선 목소리로 꾸짖듯이 말했다.

"이 년 전 동태하에서 용랑과 나를 비롯한 수많은 비룡은월문 사람들을 죽인 것이 당신이었군요?"

연종초는 움찔했다. 모두들 그녀를 주시하고 있으므로 그녀의 그런 모습을 똑똑히 보았다.

홍예는 연종초를 저주하듯이 퍼부었다.

"용랑의 부인이 될 거면서 어째서 그렇게 악독하게 수많은 사람들을 죽일 수가 있었던 거죠?"

다들 동태하 전투에 대해서 잘 알고 있기에 그만큼 연종초를 원망하는 마음이 클 것이다.

좌중은 연종초가 무슨 말을 하길 기다렸다.

그러나 입을 연 사람은 뜻밖에도 옥봉이다. 그녀는 정색을 하고 엄중하게 홍예를 꾸짖었다.

"연 매는 용공의 부인이에요. 홍예는 말을 삼가세요."

"주모……."

"연 매에게 죄가 있다면 마땅히 용공께서 치죄하시겠지요. 그런데 어찌 감히 수하 된 자가 상전을 치죄하려고 하극상을 저지르는 것인가요?"

"주모, 그렇지만……."

홍예가 막막한 표정으로 뭔가 항변할 구실을 찾고 있는데 갑자기 소진청과 염교교가 탁자 옆으로 나가서 옥봉과 연종초에게 큰절을 올리며 부복했다.

"주모! 여식의 죄를 용서해 주십시오!"

"아버지……."

소진청이 홍예를 꾸짖었다.

"당장 무릎 꿇고 주모들께 용서를 빌지 못할까?"

"못 해! 내가 뭘 잘못했는데?"

"너 이 녀석……."

소진청과 염교교는 답답하고 속이 상해서 어쩔 줄 몰라 얼굴이 붉으락푸르락했다.

그때 항아가 발딱 일어나며 어깨의 검을 뽑았다.

츠릉!

"내가 벌하겠어요."

"……."

항아의 돌연한 행동에 다들 깜짝 놀랐다.

항아는 앞으로 썩 나서며 검을 홍예의 목에 겨누고 차갑게 명령했다.

"꿇어라."

홍예는 어이없는 얼굴로 항아를 쳐다보다가 팔짱을 끼면서 코웃음 쳤다.

"흥! 못 꿇겠다면?"

"죽이겠다."

화운룡을 애인처럼 여기는 홍예로서는 그의 부인들의 이런 행동이 같잖은 데다 화가 치밀었다.

"어디 죽여봐라."

홍예는 기고만장했다.

그녀는 굴러온 돌 주제인 항아가 자신을 절대로 죽이지 못할뿐더러 설사 죽이겠다고 해도 화운룡이 가만히 보고만 있지 않을 것이라고 생각했다. 믿는 구석이 있어서 눈에 뵈는

게 없는 것이다.

츠읏!

다음 순간 항아가 아무 말 없이 검을 치켜들더니 곧장 홍예의 목을 베어갔다.

"아……."

놀란 홍예가 급히 화운룡을 쳐다보자 그는 골똘한 생각에 잠긴 표정으로 술잔을 홀짝거리고 있을 뿐 이쪽 일에는 신경도 쓰지 않고 있었다.

"이 주모! 잠시 검을 거두십시오!"

그때 소진청이 우렁차게 외치며 벌떡 일어섰다.

뚝…….

항아의 검은 홍예의 목 한 뼘쯤에 딱 멈추었다.

소진청이 항아에게 포권을 하면서 정중하게 말했다.

"여식을 제 손으로 죽이게 해주십시오. 부탁합니다."

홍예는 얼굴이 새하얗게 질렸다. 그녀는 부친이 나서서 항아에게 용서를 빌 것이라고 여겼는데 자신의 손으로 딸을 죽이겠다고 말할 줄은 상상도 못 했다.

"아버지……."

홍예가 쳐다보니까 항아에게 허리를 굽히고 있는 소진청의 표정이 비장하기 짝이 없어서 그녀는 비로소 사태의 심각함을 처음으로 느꼈다.

염교교는 무릎 꿇은 채 어깨를 들먹이며 흐느껴 울고 있으며 중인 다들 무거운 침묵 속에서 착잡한 표정으로 지켜보고 있을 뿐 아무도 나서지 못했다.

척!

"당신에게 맡기겠어요."

항아가 고개를 끄떡이고는 검을 꽂고 한 걸음 뒤로 물러나 팔짱을 끼고 지켜보았다.

"아아……."

홍예는 비로소 이것이 장난이 아니라는 사실을 깨닫고 온몸에 소름이 돋고 두려움과 절망이 밀려들었다.

"예아, 꿇어라."

소진청이 무겁게 입을 열었다.

홍예가 쳐다보자 소진청이 일그러진 얼굴로 어깨의 검파를 잡고 그녀를 주시하고 있다.

홍예는 이날까지 살면서 부친의 저토록 착잡하고 무서운 얼굴을 처음 보았다.

*　　　　　*　　　　　*

"아버지……."

"어서 무릎을 꿇지 못하겠느냐?"

홍예는 반쯤 정신이 나간 상태에서 무릎을 꿇었다.

슥…….

"아…….."

그때 목에 차가운 쇠붙이 감촉이 느껴져서 그녀는 움찔 몸을 떨었다.

그녀는 그것이 아버지의 검이라고 직감했다. 그리고 그 검이 곧 자신의 목을 벨 것이라는 사실을 깨달았다.

그제야 공포가 시커먼 어둠처럼 와르르 밀려들면서 그녀는 이것이 절대로 꿈이 아니고 장난도 아니라는 사실을 절감했다.

잠시 후면 그녀는 더 이상 이 세상 사람이 아니고 잘린 머리가 저 바닥에 나뒹굴게 될 것이다.

"아버지……."

"잘못은 주모들께 지어놓고서 어찌 나를 부르느냐?"

홍예는 고개를 들고 항아를 바라보며 용서를 빌었다.

"이 주모님… 부디 소녀를……."

"내가 아니다."

홍예는 항아 옆에 차가운 얼굴로 꼿꼿하게 앉아 있는 연종초를 바라보았다.

문득 그녀가 천하에 다시없을 대마녀인 천여황이라는 사실이 새삼스럽게 떠올랐다.

미쳤지. 감히 천여황에게 대들다니… 조금 전의 홍예는 도대체 어찌 된 일인지 겁이 없었다.

천여황에게 용서를 빈다고 해서 그녀가 용서하겠는가. 다 부질 없는 일이다.

슥……

소진청이 검을 들어 올리며 비장하게 중얼거렸다.

"예야, 아비를 원망해라."

"아아……."

홍예는 새하얗게 질려서 몸을 바들바들 떨었다. 이것은 장난도 뭣도 아니다.

이제 곧 그녀는 아버지의 검에 목이 잘려서 죽게 될 것이고 이변은 일어나지 않는다.

쉬익!

언제 들어도 싱그러운 부친의 애검 백호신검이 허공을 가르는 소리가 머리 위에서 들렸다.

그러나 지금 들리는 저 검명은 홍예의 목을 자르는 부친의 검이 내는 것이다. 마냥 싱그러운 소리는 아닌 것이다.

홍예는 눈을 질끈 감았다.

땅!

그때 홍예의 머리 위에서 강하고 짧은 음향이 터졌다.

"윽……."

그러고는 부친 소진청의 묵직한 신음 소리가 뒤를 이었다.

의아한 표정으로 고개를 든 홍예의 눈에 부친이 백호신검을 쥔 오른팔을 늘어뜨린 채 뒤로 몇 걸음 물러나 있는 모습이 보였다.

그런데 부친의 오른팔과 그 손에 쥐어진 백호신검이 웅웅! 소리를 내면서 떨어 울리고 있었다.

홍예가 자세히 보니까 백호신검의 검신 옆면에 콩알 크기의 움푹 들어간 자국이 있다.

그렇다면 방금 전 홍예의 목을 자르려고 그어 내리던 백호신검을 무언가가 강타하여 멈추게 한 것이다.

"삼 주모님, 대체 무엇 때문에 속하를 제지하셨습니까?"

연종초는 대답 대신에 일어나서 옥봉과 항아에게 공손히 포권하며 허리를 굽혔다.

"먼저 두 분 언니께 사죄드립니다."

옥봉이 우아하게 미소 지었다.

"연 매가 무엇을 사죄할 게 있다는 거지?"

"저 때문에 일어난 일이니까요. 그리고 둘째 언니께서 벌하려는 수하를 제가 살렸으니까 둘째 언니께 죄를 지었어요. 용서하세요. 둘째 언니."

항아는 방그레 웃었다.

"그게 무슨 용서할 일이라고… 나는 괜찮아. 연 매."

"고마워요. 둘째 언니."

연종초는 다시 한번 포권하고 나서 이번에는 홍예를 쳐다보며 준엄하게 말했다.

"네가 둘째 언니에게 대든 죄는 죽어 마땅하다."

홍예는 잠깐 사이에 큰 깨달음을 얻었으므로 즉시 고개를 숙이고 사죄했다.

"잘못했습니다."

"잘못을 깨달았으니 용서하마."

목이 잘리기 직전까지 갔다가 구사일생 살아난 홍예는 저절로 두 눈에 눈물이 고였다.

"감사합니다."

"그리고 주군을 용랑이라고 부르지 마라. 너는 주군의 수하이지 부인이 아니다."

홍예는 움찔 몸을 떨었다.

소진청과 염교교는 언젠가 홍예가 이 문제로 곤욕을 치를 것이라고 예상하고 있었다.

"왜 대답이 없느냐? 앞으로도 계속 주군을 용랑이라고 부르겠다는 뜻이냐?"

"아닙니다. 잘못했습니다. 다시는 그러지 않겠습니다."

옥봉은 담담한 미소를 짓고 있지만 속으로는 '잘한다, 연매!'라며 쾌재를 불렀다.

사실 옥봉은 예전부터 홍예가 화운룡을 용랑이라고 부르는 것이 거슬렸었다.

　"됐다."

　연종초가 고개를 끄떡이고 앉자 이번에는 옥봉이 차분한 목소리로 말했다.

　"아까 연 매가 동태하 전투에서 비룡은월문 사람을 많이 죽였다고 말했나요?"

　"네, 대주모님."

　한풀 꺾인 홍예는 공손히 대답했다.

　"그 일은 연 매를 나무랄 수 없어요."

　홍예는 무슨 뜻인지 몰라서 가만히 있었다.

　연종초는 옥봉이 무슨 말을 하려는 것인지 깜짝 놀라서 그녀를 바라보았다.

　옥봉은 가르치듯이 잔잔한 목소리로 말을 이었다.

　"그 당시에는 전쟁이었어요. 천신국과 중원의 전쟁이었죠. 천신국의 여황인 연 매는 심심풀이로 전쟁을 일으킨 것이 아니었어요."

　모두들 옥봉의 말에 귀를 기울였다.

　"수천만 명의 천신국 백성들을 척박한 땅에서 기름진 옥토로 이주시키려는 연 매는 절박한 심정이었어요."

　그 당시의 연종초는 옥봉 말처럼 절박한 심정이었지만 그런 말을 옥봉에게 듣자 가슴이 뭉클했다.

"설혹 그토록 절박한 심정이었더라도 연 매가 만약 그날 동태하 전투에 용공이 계셨다는 사실을 알고 있었으면, 또한 자신이 싸우려고 하는 비룡은월문 사람들이 용공의 수하라는 사실을 알았더라면 절대로 싸우지 않았을 거예요. 내 생각이지만 난 그렇게 믿어요."

옥봉의 물음에 연종초는 힘껏 고개를 끄떡였다.

"당연해요."

"그렇게 연 매는 아무것도 모르고 동태하 전투를 벌였던 거예요. 그러므로 연 매에게 죄를 물어서는 안 돼요.

홍예는 뼈저리게 뉘우치는 표정으로 연종초를 바라보는데 옥봉이 묻는 소리가 들렸다.

"홍예는 용공이 천신국 사람을, 연 매가 중원 사람을, 누가 더 많이 죽였을 것 같은가요?"

"그것은……."

홍예가 대답을 하지 못하자 옥봉이 화운룡에게 말했다.

"용공, 대답해 주세요."

"내가 종초보다 열 배 이상 더 죽였을 거야."

"아……."

홍예는 놀라서 입을 커다랗게 벌렸다.

옥봉이 빙그레 웃으며 홍예에게 말했다.

"그런데 홍예가 연 매더러 어째서 비룡은월문 사람들을 죽였느냐고 따져서야 되겠어요?"

홍예는 더 납작하게 엎드렸다.

"정말 잘못했습니다."

화운룡은 깊은 잠에 빠졌다가 누군가 다가오는 기척에 잠에서 깨어났다.

그는 자신에게 안겨서 자고 있는 세 명의 부인이 깨지 않도록 조심스럽게 일어나 침상에서 내려와 옷부터 입었다.

이어서 문밖으로 나가니까 북궁창성과 상호연이 마주 달려오다가 그를 발견하고 더 빨리 달려왔다.

"주군! 가주의 급보예요."

상호연이 손에 쥐고 있는 종이 쪼가리를 내밀었다.

전서구 대롱 속에 돌돌 말려 있던 종이 쪼가리에는 급히 휘갈겨 쓴 몇 글자가 적혀 있었다.

서찰의 내용은 자신들이 추격을 당하고 있으며 매우 위급하므로 상호연더러 청룡전가 고수들을 이끌고 구원해 달라는 것과 만날 장소가 적힌 내용이었다.

화운룡은 서찰을 상호연에게 내밀었다.

"여긴 어디냐?"

"이곳에서 삼백여 리 거리예요."

"가자."

"고수들을 준비시키겠어요. 이각 후에 뵙겠어요."

화운룡은 손을 내저었다.

"고수들은 필요 없다. 우리끼리 가자."

"주군, 그렇지만 가주는……."

"주군 말씀 들어라.

상호연이 항변하려고 하자 북궁창성이 가볍게 꾸짖었다.

"반각 후에 마당에서 보자."

화운룡이 말하고 방으로 들어가자 그때까지도 세 여자는 세상모르게 잠들어 있었다.

세 여자는 아까 그냥 자려고 하는 화운룡에게 매달리면서 절대로 그냥 자면 안 된다고 아우성을 쳤다. 자신들을 사랑해 주고서 자라는 것이다.

그래서 화운룡은 그녀들 모두를 일일이 다 열심히 사랑해 주고 나서야 겨우 잠들 수 있었다.

그게 불과 한 시진 반 전이었으므로 세 여자는 만족감과 피로함에 젖어서 웬만해서는 깨어나지 않을 것이다.

화운룡은 방에 들어가서 세 여자의 볼기를 두드려 깨웠다.

철썩! 찰싹!

"일어나라. 출발이다."

넓은 마당에는 화운룡과 세 명의 부인, 그리고 북궁창성과 상호연, 소진청, 염교교, 홍예가 모여 있었다.

화운룡과 세 명의 부인을 제외한 사람들은 어째서 화운룡이 마당에 우두커니 서 있는 것인지 알지 못했다.

기다리다 못해서 마음이 급한 상호연이 물었다.

"주군, 누굴 기다리시는 건가요?"

화운룡은 하늘을 올려다보았다.

"곧 올 거야."

그의 말이 끝나자마자 갑자기 모두의 머리 위에서 미미하게 바람 소리가 들렸다.

펄럭…….

모두들 움찔 놀라 위를 쳐다보았다.

마침 동이 터오고 있는 중인데 마치 하늘에 거대한 지붕을 씌워놓은 것처럼 어두워졌다.

펄럭… 펄럭…….

그러고는 거대하고 시커먼 물체가 서서히, 그러나 아주 빠르게 하강했다.

"아앗!"

"저게 뭐얏?"

화운룡과 세 명의 부인을 제외한 사람들은 급급히 뒤로 물러나면서 공격할 태세를 갖추었다.

"가만히 있어라."

그때 화운룡의 나직한 목소리가 들렸다.

중인은 화운룡을 쳐다보다가 그가 태연자약한 모습을 보고
는 어리둥절해졌다.

하늘에서 날아내린 물체는 다름 아닌 가루라다. 조금 전에
화운룡이 호각을 불었더니 사분지 일각쯤 지나서 가루라가
청룡전가 마당에 내려선 것이다.

가루라가 완전히 땅에 내려앉기도 전에 가루라 등에서 두
명이 경쾌하게 뛰어내려 화운룡과 연종초 앞에 부복했다.

"폐하."

야말과 굴락이다.

"수고했다."

화운룡은 고개를 끄떡이고 먼저 훌쩍 가루라의 등으로 신
형을 날렸다.

"모두 타라."

화운룡의 뒤를 이어서 세 명의 부인이 몸을 날려 가루라
등으로 쏘아가는 광경을 보고 중인은 마치 귀신에 홀린 듯한
표정을 짓고 있다.

가루라 등에 내려선 화운룡이 아래를 향해 말했다.

"빨리 타지 않고 무얼 하느냐? 너희들을 놓고 가랴?"

그 말에 중인은 분분히 신형을 날려 가루라 위로 쏘아

왔다.

쏴아아——

가루라가 전속력으로 비행하자 화운룡과 세 부인을 제외한 사람들은 혼이 달아날 것 같은 표정으로 가루라 등에 납작하게 엎드려 달라붙었다.

"그러지 않아도 된다."

화운룡이 타일러도 그들은 좀처럼 들으려고 하지 않았다.

"호연, 가주는 무슨 일로 출타를 한 것이냐?"

화운룡의 물음에 상호연이 잔뜩 긴장한 표정으로 조심스럽게 몸을 일으켰다.

"얼마 전부터 이상한 자들이 본 가를 염탐하는 것 같아서 가주는 그들을 일부러 쫓아내고는 뒤를 추적했었어요."

"이상한 자들?"

"가주의 말에 의하면 천외신계 고수일 거라고 했어요."

천외신계 고수가 사신천가 중에 하나인 청룡전가를 염탐하고 있었다면 확실히 수상한 일이다.

*　　　　　*　　　　　*

"가주도 막연한 짐작일 뿐이지 확실한 것은 아니에요."

화운룡은 연종초에게 물었다.

"종초 생각은 어떠냐?"

골똘히 생각에 잠겼던 연종초가 대답했다.

"천황파일 가능성이 있어요. 그들이 사신천가를 알아내고 감시를 한 걸지도 모르죠."

"그렇군."

연종초는 화운룡이 화결, 화란 남매와 무슨 대화를 나누었는지 모르고 있다.

그들과 대화를 나눌 때 화운룡이 주위에 막을 형성했기 때문에 말이 밖으로 새어 나가지 않았다.

연종초의 사문인 연신가의 칠백여 년 전 인물 연진외가 세상에는 천상성계라고 알려진 도리천에 찾아가서 이십오 년 동안 그곳의 절학을 배우고 도망쳤다는 사실을 말이다.

"종초야, 가까이 와라."

화운룡은 옆으로 바싹 다가온 연종초의 손을 잡고 해령경력을 일으켜서 그녀에게 도리천에 대한 내용을 전해주었다.

어쩌면 그녀가 그 사실을 알고 나면 뭔가 새로운 사실을 깨달을지도 모르는 일이다.

"아……."

해령경력을 통해서 연진외에 대한 내용을 알게 된 연종초는 나직한 탄성을 흘리면서 크게 놀라는 표정을 지었다.

그녀는 눈을 깜빡거리면서 화운룡이 전해준 연진외에 대한 내용을 머릿속으로 정리했다.

"아마도 그분이 태사부일 거예요."

"태사부?"

연종초는 자신이 알고 있는 내용을 이야기했다.

"연신가가 개파한 시기는 천오백여 년 전이었지만 지금으로부터 약 칠백여 년 전에 역대 최고고수가 본 가에 출현했어요. 그분이 태사부예요."

"음, 태사부 이름이 뭐지?"

"연진외였어요. 연신가는 원래부터 고구려 내에서 가장 강력한 가문이었는데 태사부가 가주가 된 이후에는 예전과는 비교도 할 수 없을 정도로 막강해졌다고 들었어요."

화운룡은 고개를 끄떡였다.

"그랬겠지."

"이제 보니까 태사부는 도리천에서 배운 절학을 연신가 제자들에게 가르쳤던 거였군요."

화운룡은 턱을 쓰다듬었다.

"모르긴 해도 연진외는 자신이 배운 절학을 전부 가르치지는 않았을 거야."

"그랬겠죠. 저라도 그러지는 않았을 거예요."

연종초는 골똘하게 생각하는 얼굴로 말했다.

"하지만 자신의 적전제자 즉, 다음 대 가주에겐 전부 가르치지 않았을까요?"

그녀는 자신이 연신가의 가주로서 연진외의 절학을 고스란히 이어받았을 것이라고 믿는 것 같았다.

"그렇겠지."

"그렇겠죠?"

화운룡이 인정하자 연종초는 안심한 듯 배시시 웃었다.

"그러지 않았을 수도 있을 테고."

"……."

연종초가 가볍게 흠칫하는 것을 보며 화운룡이 편안한 표정으로 물었다.

"종초 너는 누구에게 무공을 배웠느냐?"

"그야……."

그녀는 대답하려다가 안색이 크게 변했다. 가슴이 철렁 내려앉은 것이다.

그녀는 모친이며 동시에 연신가 전대 가주인 연파란에게서 무공을 전수받았다.

그런데 지금 연파란은 천황파의 최고 우두머리 노릇을 하고 있는 것으로 화운룡이 짐작하고 있다.

연종초는 모친 연파란이 이미 오래전에 죽었다고 믿지만 화운룡은 그녀가 살아 있을 것이라고 확신했다.

그리고 현재 돌아가는 상황을 봐서는 연파란이 살아 있는 것이 거의 확실한 것 같았다.

"연파란이 너에게 절학을 전부 가르쳤겠느냐?"

"그건……."

연종초는 대답하지 못했다. 지금 생각해 보니까 자신이 연파란이라고 해도 윗대로부터 이어온 절학을 장차 적이 되거나 될 수도 있는 막내딸에게 다 가르쳐 주지는 않을 터이다.

또한 연종초는 연신가 가주의 절학에 대해서 제대로 알고 있지 않았다.

그러므로 자신이 가주의 절학을 온전하게 다 배웠는지 어쨌는지 확인할 방법도 없는 것이다.

화운룡이 눈을 반개하고 나직이 중얼거렸다.

"혹시 연파란이 연진외의 유지를 이어받지는 않았을까?"

"……."

연종초는 너무 놀라서 눈을 커다랗게 뜨고 화운룡을 바라보면서 아무 말도 하지 못했다.

"연진외는 처음부터 중원천하를 정복하고 싶었던 것은 아니었을까 그 말이야."

그랬을 수도 있다. 아니, 연종초가 연진외였다고 해도 그렇게 했을 것이다.

칠백여 년 전 그때는 고구려가 당나라에 멸망을 당하고 나라가 피폐할 대로 피폐해졌으며 수십만 명의 고구려 사람들이 노예가 되어 당나라로 끌려갔다.

그렇기 때문에 그 당시의 연신가 사람들이라면 당나라를 멸망시키고 중원천하를 통째로 정복하고 싶다는 욕망을 당연히 품었을 것이다.

그러므로 칠백여 년 전의 연진외가 과연 어떤 심정으로 도리천을 찾아가서 그곳의 절학을 배웠겠는가 말이다.

그리고 그곳에서 장장 이십오 년 동안 살아가면서 사랑하는 여자가 생기고 그녀와 혼인을 하여 자식들을 낳아 일가를 이루었는데, 끝내는 그들을 다 버리고 도리천을 떠나 자신의 고향인 연신가로 돌아갔다.

연진외가 단지 도리천의 절학을 연신가에 전하여 연신가를 부흥시키는 것만이 목적이었다면 그렇게 커다란 희생을 감내하지는 않았을 것이다.

자신의 인생 이십오 년과 사랑하는 가족을 송두리째 버리는 일은 아무나 할 수 있는 일이 아니다.

그런 것을 한낱 초개처럼 버릴 수 있는 사람이라면 엄청난 야망을 가슴속에 품고 있어야만 한다.

화운룡의 말을 듣고 연종초의 머릿속에서 어떤 그림 하나가 그려졌다.

도리천에서 나와 연신가로 돌아온 연진외는 연신가 가주의 위에 오르고 나서 한 가지 계획을 구상했다.

그것은 장차 연신가가 주축이 되어 중원천하를 정복한다는 것인데, 연진외의 대에서 이루지 못하더라도 계속해서 그 대업을 후대에 전해 언젠가는 이루게 한다는 것이다.

그렇게 칠백여 년 세월이 흘렀으며, 중원천하 정복의 대업을 위한 계획은 그동안 착착 진행되어 마침내 연파란의 대에 이르러서 빛을 보게 되었다.

중원천하 정복의 대업. 그것은 연종초가 계획했던 대업하고는 사뭇 다른 연진외의 대업이다.

연종초는 단지 중원천하를 정복하기 위한 수단, 즉, 꼭두각시에 불과했다.

"서방님……"

연종초는 착잡한 얼굴로 중얼거렸다.

"천첩은 껍데기였어요. 그 사실을 이제야 깨달았어요……"

그녀는 정말로 자신이 껍데기가 된 것처럼 힘이 쭉 빠져서 축 늘어졌다.

화운룡이 팔을 뻗어 연종초의 어깨를 감싸 품에 안으며 다독여주었다.

"괜찮다. 너는 나한테 최고의 알맹이니까."

가루라는 북경에서 동북쪽으로 삼백여 리를 날아서 무령

산(霧靈山)에 도착했다.

북경 청룡전가를 출발한 지 채 이각이 지나지 않은 빠른 시각이라서 모두들 놀라워했다.

더구나 가루라 등에 근사한 집이 지어져 있어서 최소한 이십여 명 정도가 편안하게 휴식을 취할 수 있다는 사실에 놀라면서도 감탄을 금하지 못했다.

화운룡이 옥봉과 항아, 연종초에게 둘러싸여 있어서 근처에 얼씬도 하지 못하는 홍예가 그를 보면서 탄성을 터뜨렸다.

"용랑! 이 전설의 새라는 가루라는 정말 대단해요!"

연종초가 홍예 주위에 앉아 있는 상호연과 북궁창성에게 싸늘하게 명령했다.

"저년 던져 버려요."

홍예는 자신이 방금 전에 화운룡을 '용랑'이라고 불렀다는 사실을 깨닫고 그 즉시 납작하게 부복하며 빌었다.

"요… 용서하세요. 깜빡했어요……."

옥봉이 차분하게 연종초를 불렀다.

"연 매."

"네, 큰언니."

홍예는 자비로운 옥봉이 자신을 구명해 주는 것이라고 짐작하여 안도의 한숨을 내쉬었다.

옥봉이 자비로운 미소를 지으며 말했다.

"이번 기회에 확실하게 끝내 버리도록 해."

"알았어요, 큰언니."

'흐익?!'

홍예는 혀가 목구멍 안으로 말려들어 갔다.

항아가 상호연과 북궁창성에게 싸늘한 목소리로 명령했다.

"아예 목을 쳐서 내다 버려요."

상호연과 북궁창성이 벌떡 일어나서 검을 뽑았다.

"명을 따릅니다."

홍예는 안색이 새하얗게 질렸다.

"아아……."

옥봉이 화운룡을 용랑이라고 부르지 말라고 했는데 그걸 깜빡 잊고 용랑이라 불렀다고 죽게 생겼다.

홍예는 무릎을 꿇고 앉아 있으며 그녀 양쪽에 상호연과 북궁창성이 검을 뽑아 쥐고 서 있다.

장난처럼 시작된 일인데 분위기가 정말로 홍예를 죽일 것처럼 흘러가고 있다.

상호연과 북궁창성이 옥봉과 항아, 연종초 쪽을 쳐다보았다. 장난이면 이쯤에서 끝내고 진짜라면 한 번 더 명령을 내리라는 뜻이다.

그때 화운룡이 나른한 얼굴로 세 명의 부인을 둘러보며 입을 열었다.

"이봐, 너희들."

홍예는 화운룡이 그녀들을 꾸짖을 것이라고 기대했다.

화운룡은 눈을 반쯤 감고 헤벌쭉한 얼굴로 세 명의 부인을 한꺼번에 그러안았다.

"어헛헛헛! 나한테는 너희들밖에 없다."

홍예는 얼굴이 해쓱해졌고 옥봉과 항아, 연종초의 얼굴에는 행복한 미소가 가득 떠올랐다.

화운룡에게 안긴 자세에서 옥봉이 말했다.

"홍예, 이번만은 용서해 주세요."

"알겠습니다."

처척!

상호연과 북궁창성이 검을 꽂고 자리에 앉았다.

"아흐흐……"

홍예는 지옥 문턱까지 갔다가 간신히 살아서 돌아온 느낌에 온몸에 식은땀이 흥건했다.

홍예는 화운룡이 편법으로 자신의 목숨을 살렸다는 사실을 깨달았다.

앞으로 홍예는 화운룡을 예전처럼 대했다가는 목이 열 개라도 남아나지 않을 것이라고 절실하게 깨달았다.

[저기예요.]

가루라에서 아래를 내려다보면서 살피던 상호연이 지상의 한 곳을 가리켰다.

가루라는 지상에서 백여 장 높이에 떠 있으며 무령산은 수목이 울창한데도 상호연은 산속을 달리고 있는 청룡전가의 가주이며 자신의 남편인 북궁선휘를 쉽게 찾아냈다.

화운룡이 생사현관 타통을 해주어서 그녀의 공력이 삼백 년 수준으로 급증한 덕분이다.

북궁선휘는 최측근 심복 두 명과 북쪽 방향으로 전력 도주하고 있으며, 십여 장 후미에서 수십 명의 흑의고수들이 추격하고 있는 광경이다.

청룡전가를 감시하고 있는 자들을 추격한 북궁선휘가 외려 쫓기는 입장이 돼서 청룡전가에 구원의 전서구를 보냈다.

[가주 앞쪽에 놈들이 대기하고 있어요.]

상호연의 전음 목소리에 다급함이 서렸다.

북궁선휘와 두 명의 최측근 천지쌍룡(天地雙龍)은 이미 중상을 입은 상태다.

더구나 상처를 치료할 겨를조차 없었던 탓에 겨우 지혈만 했는데 도주하는 과정에 무리를 하여 지혈했던 것이 풀려 연신 피를 흘리고 있다.

북궁선휘와 천지쌍룡은 청룡전가를 감시하는 자들을 추격

하다가 반나절이 지나서야 자신들이 함정에 빠졌다는 사실을 깨달았다.

그때부터 북궁선휘와 천지쌍룡은 이틀 동안 이백오십여 리를 도망치면서 세 차례 추격자들과 싸움을 벌였으며 그때마다 크고 작은 상처를 입었다.

북궁선휘 등은 청룡전가 쪽으로 도주하기를 원했지만 추격자들은 그러도록 내버려 두지 않고 오히려 점점 더 청룡전가에서 멀어지게 만들었다.

사력을 다해서 도주하고 있는 북궁선휘와 천지쌍룡 얼굴에는 초조함이 가득 떠올라 있었다.

북궁선휘가 보낸 전서구를 청룡전가에서 받아봤다면 즉각 고수들을 보냈을 테지만 그들이 이곳에 언제 당도할지는 알 수가 없다.

북궁선휘 등이 전서구 서찰에 명시한 장소는 이곳에서 남쪽으로 오십여 리 떨어진 지점이었다.

북궁선휘는 전서구를 보내고 나서도 계속 도주하여 북쪽으로 오십여 리나 올라온 상황이다.

그러므로 전서구를 받아본 청룡전가에서 그 즉시 구원할 고수들을 보냈다고 하더라도 북궁선휘 등을 찾는 일은 결코 쉽지 않을 터이다.

"가주!"

그때 천지쌍룡의 천룡검(天龍劍)이 급히 신형을 멈추면서 다급한 외침을 터뜨렸다.

그의 다음 말은 들을 필요도 없다.

북궁선휘와 지룡검(地龍劍)은 자신들의 앞쪽을 막아선 이십여 명의 흑의고수들을 발견하고 급히 달리는 것을 멈추었다.

*   *   *

북궁선휘는 앞을 막아선 자들이 추격자들이라는 사실을 즉시 알아보았다.

뒤쫓고 있는 자들과 똑같은 복장을 하고 있으며 북궁선휘 등이 달리는 것을 멈추자마자 불문곡직하고 공격을 개시했기 때문이다.

촤촤촹!

북궁선휘 등이 멈추자 뒤쫓던 추격자들까지 합세하여 한꺼번에 포위망을 형성하여 공격을 퍼부었다.

[가주, 피하십시오. 여긴 저희들이 맡겠습니다.]

[동쪽을 뚫을 테니까 그곳으로 도주하십시오. 가주께선 반드시 살아서 돌아가셔야 합니다.]

천지쌍룡이 거의 동시에 검을 뽑으면서 북궁선휘에게 도주하라고 다급한 전음을 보냈다.

그렇지만 그건 천지쌍룡의 간절한 바람일 뿐이지 실상 여러모로 불가능한 일이다.

포위망을 형성하고 있는 적이 도합 칠십여 명이나 되는데 천지쌍룡 단둘이 포위망을 뚫을 수가 없으며, 설혹 뚫었다고 해도 북궁선휘가 도망치는 것을 적들이 가만히 지켜보고만 있지는 않을 것이다.

그리고 무엇보다도 중요한 것은 북궁선휘가 천지쌍룡을 사지에 내버려 두고 자기 혼자만 살겠다고 도주할 사람이 절대로 아니라는 사실이다.

천지쌍룡도 북궁선휘가 자신들을 버리고 도망치지 않을 것을 알기에 더없이 착잡하기만 하다.

그들이 북궁선휘를 도주시키려고 하는 것은 진심에서 우러난 충정이기 때문이다.

북궁선휘와 천지쌍룡 모두 가볍지 않은 중상을 입은 상태다.

그러므로 이들 세 사람은 적 칠십여 명의 최초의 공격조차도 막아내지 못할 터이다.

쏴아아아! 쐐애애액!

칠십여 자루의 도검들이 허공을 가르는 파공성이 파도 소리처럼 거세게 들려왔다.

북궁선휘는 어깨에 메고 있는 검을 뽑으며 얼굴 가득 미소를 지었다.

"천지쌍룡, 너희가 내 수하여서 너무도 고마웠다."

"가주……!"

"가주시여……!"

천지쌍룡은 울컥하고 눈물이 솟구쳤다.

북궁선휘와 천지쌍룡은 각자 등지고 세 방향을 향해 서서 검을 움켜잡고 밀려오는 적들을 주시했다.

핏발이 곤두선 세 사람의 눈이 분노로 이글거렸다. 세 사람은 자신들이 곧 죽을 것이라는 사실을 예감하고 있지만 두렵지는 않았다.

단지 이런 식으로 허무하게 죽는 것이 너무도 억울해서 분노가 치밀 뿐이다.

북궁선휘와 천지쌍룡은 지레 겁을 먹고 싸움을 포기하는 짓 따위는 하지 않았다.

세 사람은 한 명의 적이라도 더 죽이기 위해서 남아 있는 공력을 모조리 끌어 올려 검에 주입하고 몰려오는 적들 중에서 가장 먼저 누굴 죽일 것인지 먹잇감을 고르느라 눈을 빛내며 두리번거렸다.

그 순간 괴이한 파공음이 허공에 울려 퍼졌다.

쉬아아앙!

퍼퍼퍼퍼퍼퍽!

"흐억!"

"크악!"

그러고는 북궁선휘와 천지쌍룡을 합공하고 있는 맨 앞줄의 적들에게서 경미하면서 둔탁한 음향과 어지러운 비명성이 한꺼번에 터졌다.

막 반격하려던 북궁선휘와 천지쌍룡은 자신들이 표적으로 삼았던 맨 앞줄의 적 십여 명이 맥없이 거꾸러지는 광경을 발견하고 어리둥절했다.

쒸이이잉!

퍼퍼퍼퍼퍼퍽!

날카로우면서도 묵직한 파공음과 둔탁한 음향이 계속해서 터지면서 비명 소리가 끊이지 않았다.

북궁선휘와 천지쌍룡이 우두커니 선 채 쳐다보고 있는 중에도 적들이 머리에서 피를 뿜으며 한 번에 십여 명씩 마구 거꾸러지고 있었다.

북궁선휘와 천지쌍룡은 자신들이 헛것을 보고 있다는 생각이 들었다.

자신들을 공격하던 칠십여 명의 적들이 이처럼 한꺼번에 죽어가고 있을 이유가 없다.

갑자기 적들이 위로 솟구쳐 오르기 시작하는 걸 보고서 북궁선휘와 천지쌍룡은 위를 쳐다보았다.

"……."

그러다 머리 위 높은 나무들 사이로 번갯불 같은 번쩍이는 빛줄기 십여 가닥이 내리꽂혀서 적들의 머리와 몸통을 부수거나 꿰뚫는 광경을 보고는 경악하고 말았다.

적들은 자신들을 공격하는 자들이 머리 위 허공에 있다는 사실을 알고 일제히 수직으로 쏘아 오른 것이다.

하지만 그들은 공격을 전개하지도 못한 채 위에서 소나기처럼 뿜어지는 검기에 정수리가 뚫리거나 쪼개져서 피를 뿌리며 죽어갔다.

북궁선휘와 천지쌍룡은 높은 나무들 사이로, 여덟 명이 머리를 아래로 한 자세로 쏜살같이 하강하면서 수중의 검이 번쩍번쩍 빛을 뿜어내는 광경을 발견했다.

그러고는 세 사람은 소스라치게 놀랐다.

'검강!'

사신천가 청룡전가의 가주인 북궁선휘라고 해도 검강을 발출하지 못한다.

그런데 저들 여덟 명은 대체 누구기에 검강을 발출하여 적들을 파죽지세로 쓸어버리고 있다는 말인가.

"가주! 저기 주모와 전대 가주이십니다!"

천지쌍룡이 허공의 한곳을 가리키며 동시에 외쳤다.

북궁선휘가 그쪽을 쳐다보니까 정말 자신의 아내인 상호연과 부친 북궁창성이 하강하면서 수중의 검으로 검강을 번갯불처럼 뿜어내고 있지 않은가.

'어떻게 저런 일이······.'

북궁선휘가 눈을 비비고 다시 자세히 봤지만 상호연과 북궁창선이 틀림없었다.

그가 알고 있는 아내 상호연은 그에 비해서 공력이 오십 년 정도 아래이며 검기를 이제 겨우 흉내 낼 수 있을 정도의 실력이다.

더구나 부친 북궁창성은 십삼 년 전에 주화입마에 들어서 오늘 당장 죽는다고 해도 조금도 이상하지 않을 위중한 상태였었다.

그런 두 사람이 난데없이 나타나서 검기도 아닌 검강을 발휘하여 적들을 장마철 개구리 패듯이 거꾸러뜨리고 있으니 경악할 일이다.

북궁선휘가 자세히 보니까 백호뇌가의 가주 부부인 소진청과 염교교, 그리고 딸 홍예의 모습도 보였다.

그들도 번쩍번쩍 검강을 발출하여 적들을 무차별적으로 죽이고 있었다.

북궁선휘는 소진청 부부의 무위를 정확하게 알지는 못하지만 자신과 비슷할 것이라고 생각했었는데 검강을 마음대로 전개하고 있는 것을 보니 그저 놀랄 뿐이다. 물론 북궁선휘는 검강을 전개하지 못한다.

더구나 소진청과 염교교의 어린 딸마저도 장난처럼 검강을 발출하고 있지 않은가.

적들은 단 한 명도 도망가지 않고 끝까지 싸웠다. 그런 걸 보면 절대로 어중이떠중이들은 아니다. 어쨌든 그 덕분에 그들은 깡그리 몰살됐다.

상호연과 북궁창성을 비롯한 여덟 명이 공격을 시작한 지 반각이 지나기도 전에 적 칠십여 명을 몰살시켰다.

적들의 시체가 즐비하게 깔린 곳에서 여덟 명은 지상에 내려서 천천히 북궁선휘에게 다가왔다.

그때까지도 북궁선휘와 천지쌍룡은 크게 놀란 정신을 수습하지 못하고 있었다.

북궁선휘는 자신의 앞에 가까이 다가온 상호연을 놀란 표정으로 바라보았다.

"여보."

"많이 다쳤어요?"

상호연이 검을 어깨의 검실에 꽂고 나서 염려하는 표정으로 북궁선휘의 몸을 이리저리 살폈다.

"중상을 입었군요."

"어찌 된 일이오?"

북궁선휘로서는 지금 자신이 중상을 입은 것이 문제가 아니다.

상호연 뒤에 서 있는 북궁창성이 대답했다.

"천제께서 오셨다."

"아버님, 대체……."

북궁창성은 빙그레 미소 지었다.

"천제께서 날 치료해 주셨다."

"천제께서……."

"네가 알고 있는 천제가 아니시다."

북궁선휘는 어리둥절한 표정을 지었다.

"그게 무슨 말씀이십니까?"

북궁선휘의 시선이 북궁창성 옆에 나란히 서 있는 세 명의 절세미녀에게 향했다.

상호연이 공손히 그녀들을 소개했다.

"주모들이십니다."

"……."

'주모'라고 하면 주군의 부인이라는 뜻인데, 북궁선휘는 너무 갑작스러운 일이고 또한 주모가 세 명씩이나 돼서 그게 무슨 말인지 알아듣지 못했다.

상호연이 조심스럽게 말했다.

"당신이 알고 있는 천제는 천제가 아니었어요. 진짜 천제께서 직접 본 가에 찾아오셨어요."

"그렇소……?"

"그래서 천제께서 당신을 구하러 몸소 왕림하셨고요."

북궁선휘는 두리번거렸다.

"천제께선 어디에 계시오?"

"여기 있네."

머리 위에서 잔잔한 목소리가 들리자 북궁선휘와 천지쌍룡
은 급히 고개를 들어 위를 쳐다보았다.

모두가 쳐다보고 있는 가운데 화운룡이 우뚝 선 자세로 표
표히 하강하고 있다.

"아……."

북궁선휘는 화운룡을 처음 보지만 그를 보는 순간 그가 사
신천제라는 사실을 한눈에 알아보았다.

그렇다고 해서 지난번 천제인 화결을 봤을 때 가짜라고 간
파했던 것은 아니지만, 최소한 화결에게서는 지금 같은 확신
은 느끼지 못했었다.

북궁선휘는 지상에 소리 없이 내려선 화운룡을 바라보며
격동 어린 표정을 지었다.

"천제이십니까?"

"그렇다."

북궁선휘는 화결에게 물었다가 대답을 듣지 못했던 질문을

화운룡에게도 했다.

"전대 천제를 만나셨습니까?"

확인이라기보다는 전대 사신천제의 안부가 궁금한 것이다.

화운룡은 가볍게 고개를 끄떡였다.

"만났네."

"아… 그분은 어떠셨습니까?"

"사부 솔천사께선 괄창산에서 천외신계의 합공을 받고 중상을 입으셨다가 내 품에 안겨서 돌아가셨네."

"아… 그러셨군요."

다들 제칠대 사신천제에 대한 일은 처음 듣는 터라서 매우 진지한 표정을 지었다.

그중에서도 연종초는 천외신계의 합공으로 전대 천제 솔천사가 죽었다는 말에 몹시 죄스러운 마음이 들었다.

북궁선휘와 천지쌍룡이 부복하려고 몸을 굽혔다.

"속하 북궁선휘가 천제를 뵈옵니다."

화운룡은 손을 내밀었다.

"치료부터 하세."

"아닙니다. 먼저 예를 취하는 것이… 앗!"

북궁선휘는 몸을 굽히려고 했으나 전혀 굽혀지지 않을뿐더러 도리어 화운룡에게 부딪칠 것처럼 빠른 속도로 쏘아가자 화들짝 놀랐다.

척!

"아······."

화운룡은 허공섭물의 수법을 아무렇지도 않게 발휘하여 북궁선휘의 팔을 잡았다.

그러고는 그가 어떤 반응을 보이기도 전에 명천신기를 부드럽게 주입했다.

"아아······."

방금 전까지만 해도 서 있는 것이 힘들 정도로 극심한 고통에 시달리고 있었던 북궁선휘는 갑자기 더없이 상쾌해지면서 지금까지 그를 괴롭혔던 온몸의 고통이 씻은 듯이 사라지는 것을 느꼈다.

그는 화운룡이 잡고 있는 자신의 팔을 통해서 주입되는 신선한 기운이 자신이 몸에 입은 여러 개의 상처들을 치료하고 있다는 사실을 생생하게 느낄 수가 있었다.

그로선 이런 경험이 생전 처음이다. 믿을 수 없게도 가슴과 옆구리, 허벅지의 깊은 검상들이 스스스··· 기이한 소리를 내면서 빠르게 나아지고 있는 것이 느껴졌다. 어떻게 이런 일이 가능한 것인지 도저히 이해할 수가 없다.

보통 공력을 주입하여 상처를 치료하는 일은 최소 몇 달씩이나 걸리는 법이고 상처가 나아지는 느낌 같은 것은 추호도 느낄 수가 없다.

그런데 말도 되지 않는 일은 거기에서 끝이 아니었다.

열 호흡쯤 지났을 때 화운룡이 북궁선휘의 팔을 놓으며 잔잔하게 말했다.

"됐다. 운공 해봐라."

슥······.

북궁선휘는 그 자리에 앉아서 운공조식을 해보았다.

'맙소사··· 어떻게 이런 일이······.'

그는 소스라치게 놀랐다. 운공조식을 시작하자마자 그는 자신의 몸 세 곳에 입은 무척 심한 상처들이 지금 이 순간 말끔히 치료됐다는 사실을 깨달았다.

운공조식을 끝내고 나서 눈으로 일일이 상처들을 살펴봐야 더 확실하겠지만 운공조식만으로도 상처들이 완치됐다는 사실을 거의 확인할 수가 있었다.

그는 운공조식을 반만 하고는 눈을 뜨고 일어섰다.

화운룡은 어느새 천지쌍룡의 천룡검의 치료를 끝내고 지룡검의 팔을 잡고 있다.

북궁선휘는 눈이 부신 듯 화운룡을 바라보았다.

'저분이 진짜 천제시다······!'

第六章

재회(再會)

　소진청이 북궁선휘와 천지쌍룡을 협공했던 적들 중에서 한 명을 끌고 왔다.

　아까 적 칠십여 명을 다 죽인 것이 아니라 화운룡의 명령으로 한 명을 살려두었다.

　산속의 어느 공터에 화운룡 일행이 모여 있다.

　화운룡은 혈도가 제압된 상태에서 눈을 데굴데굴 굴리고 있는 적을 가리키며 북궁선휘에게 물었다.

　"이자들이 누군지 아는가?"

　"모릅니다. 다만 천외신계 고수가 아닐까 의심하고 있는 정도입니다."

화운룡이 해령경력을 전개하여 바닥에 앉혀 있는 적의 심지를 제압하고 혈도를 풀어주었다.

연종초가 흑의단삼을 입고 있는 적에게 물었다.

"너는 누구냐?"

"천신국 동천국의 홍투정수입니다."

천신국 최상위 신조삼위가 초, 절, 존이며 그 아래가 색성칠위 일곱 등급으로, 금성족이 가장 위이고 홍성족이 두 번째다.

투정수라는 것은 각 족속 최정예를 일컬으며, 홍투정수는 홍성족의 최정예를 뜻한다.

천신국 내의 오개국 전체로 봤을 때 천신국은 홍투정수를 오천 명 정도 보유하고 있다.

연종초가 물었다.

"너는 현재 어디 소속이냐?"

"북경 외곽 동북 삼백 리를 관할하는 제이십오 홍투정령수 휘하에 있습니다."

한 명의 홍투정령수는 백 명의 홍투정수를 거느리고 있다.

"홍투정령수는 어디에 있느냐?"

"죽었습니다."

홍투정령수는 칠십여 명의 홍투정수들을 이끌고 북궁선휘

등을 추격하여 합공하다가 옥봉을 비롯한 여덟 명이 공격했을 때 죽은 모양이다.

화운룡과 연종초가 생각하기에 이들을 지휘한 홍투정령수나 그 위의 최고 우두머리인 홍투총령사는 필시 천황파일 가능성이 높다.

"홍투총령사는 어디에 있느냐?"

"북경 내의 북경총계에 있을 겁니다."

천신국은 한 성(省)의 치안을 담당하는 부서로서 각 지역에 총계를 두었으며 금투총령사가 최고 우두머리다.

화운룡 일행은 가루라를 타고 청룡전가로 돌아왔다.

그곳에서 화운룡은 북궁선휘와 천지쌍룡의 생사현관을 타통하고 벌모세수와 탈태환골을 시켜주었다.

그로 인해서 북궁선휘는 부친과 아내, 소진청 등의 무공이 어째서 그토록 고강해졌는지 알게 되었다.

상호연의 공력은 삼백 년이고 북궁창성은 삼백오십 년이지만 북궁선휘는 사백 년이 되었다.

"이곳만 감시를 받은 것인가?"

화운룡의 말에 소진청이 대답했다.

"본 가는 감시를 당하지 않았습니다."

은예상이 공손히 말했다.

"소녀가 알기로는 본 가도 감시를 당하지 않았어요."

북궁선휘가 죄스러운 표정을 지으며 고개를 숙였다.

"죄송합니다, 주군. 저희의 불찰입니다."

화운룡은 아무 말 않고 잠시 생각에 잠겼다가 다섯 호흡 후에 조용히 중얼거렸다.

"화북대련에 첩자가 있는 것 같군."

북궁연과 은예상은 흠칫했다.

그렇지만 두 사람은 화운룡의 말에 반박하지 못했다. 그의 말이 정확하기 때문이다.

화북대련에 첩자가 없다면 청룡전가가 감시를 받을 이유가 없는 것이다.

화운룡의 조용한 말이 이어졌다.

"그들은 이곳이 사신천가 중에 청룡전가인지 아직 모르고 있는 것 같군."

옥봉이 고개를 끄떡였다.

"이곳이 사신천가 중에 청룡전가인 줄 알았으면 홍투정수 백 명 정도를 보내지는 않았을 거예요."

항아가 거들었다.

"맞아요. 최소한 금투정수들을 보내야 격이 맞죠."

연종초가 생각하는 얼굴로 말했다.

"그렇지만 홍투정수 백 명 정도면 웬만한 규모의 일개 문파 세력과 맞먹어요. 그걸 보면 놈들이 이곳을 의심하고 있었던 것 같아요."

화운룡이 고개를 끄떡였다.

"이곳을 의심하고 있지만 아직 이곳의 정체를 모르고 있는 것 같다."

"어찌합니까?"

북궁선휘가 조심스럽게 묻자 화운룡은 고개를 끄떡였다.

"사신천가가 중원 내의 천황파를 소탕한다."

"천황파라는 것은……."

"제가 설명해 드릴게요."

북궁선휘가 의아한 표정을 짓자 상호연이 살포시 미소를 지으면서 말했다.

주작운가의 가주 부부와 최측근, 현무벽가의 가주 부부와 최측근들이 자정을 전후해서 도착했다.

화운룡과 일행은 주작운가와 현무벽가 사람들을 기다리면서 술을 마시고 있었다.

백호뇌가의 소진청 가족과 청룡전가의 북궁선휘 가족이 일어나서 그들을 맞이했다.

북궁선휘가 의젓하게 앉아 있는 화운룡을 공손히 가리켰다.

"천제이시오."

청수한 학자 같은 풍모의 주작운가 가주 은성흔(殷成欣)과 흡사 관운장 같은 위엄 있고 용맹한 용모의 현무벽가 포인정(抱仁正)은 돌처럼 경직된 표정으로 꼿꼿하게 서서 화운룡을 뚫어지게 주시했다.

은성흔은 화결을 사신천제라고 착각했던 적이 있으며, 포인정은 연락을 받고 청룡전가에 왔다가 화결이 사신천제가 아니라는 결론을 내리고 돌아갔다.

한 번 실수를 했던 은성흔은 가만히 있었으며, 포인정은 꼿꼿한 자세로 화운룡에게 요구했다.

"천제의 징표를 보여주십시오."

소진청과 북궁선휘는 가만히 있었다. 소진청은 화운룡이 사신천제라는 사실을 오래전부터 알고 있었고, 북궁선휘는 천제의 징표보다 몇 배나 더 확실한 증거를 겪었기에 화운룡이 사신천제라고 철썩같이 믿고 있다.

"네 가문의 가주는 모두 앞으로 나와라."

화운룡의 말에 소진청과 북궁선휘가 앞으로 나와서 은성흔과 포인정 옆에 나란히 섰다.

화운룡은 앉은 자리에서 그들에게 말했다.

"천제의 징표를 보여주고 나서 네 가문의 절초식을 전수해 주겠다."

"그러하시면 속하는 빠지겠습니다."

소진청의 말에 화운룡은 어? 하는 표정을 지었고 세 가문 사람들은 움찔 놀랐다.

소진청은 엷은 미소를 지었다.

"주군께선 삼 년 전에 속하에게 백호뇌격검의 최후 절초식인 뇌격강을 전수해 주신 것을 잊으셨습니까?"

화운룡은 고개를 갸웃거렸다.

"그랬었나?"

홍예가 끼어들었다.

"저와 건곤쌍쾌에게 가르쳐 주셨잖아요."

건곤쌍쾌라는 말에 화운룡의 안색이 어두워졌다. 건곤쌍쾌는 쌍둥이 남매로 건쾌 현수란과 곤쾌 현도범인데 동태하 전투 때 죽었기 때문에 갑자기 그들 생각이 났다.

화운룡은 씁쓸한 얼굴로 고개를 끄덕였다.

"맞아, 그랬었지."

일전에 사신천제가 출현했다는 전갈을 받고 이곳에 모인 청룡전가와 주작운가, 현무벽가의 가주들은 소진청이 화결을 보고 사신천제가 아니라고 하는 말을 들었지만 현무벽가 가주 포인정만 돌아갔었다.

포인정이 돌아간 이유는 소진청의 말을 믿어서가 아니고 화결이 현무벽가의 성명절학 최후의 절초를 가르쳐 주지 않았기 때문이다.

북궁선휘와 은성혼은 화결에게 가문의 절초식을 전수받지 못했지만 그가 천제의 징표를 선보였기 때문에 그를 사신천제라고 믿었다.

"교교도 배웠나?"

염교교가 짤랑짤랑한 목소리로 반문했다.

"보여 드릴까요?"

"됐다."

대화가 이쯤 되니까 북궁선휘는 물론이고 은성혼과 포인정은 화운룡이 사신천제라고 무조건 믿게 되었지만 그렇다고 절차를 무시할 수는 없다.

스우우…….

그때 화운룡이 둥실 떠올랐다가 탁자를 넘어서 세 명의 가주 전면에 스르르 내려섰다.

이 일련의 한 동작만 보고도 가주와 최측근들은 화운룡이 이미 초범입성의 경지에 이르렀다는 사실을 간파했다.

사신천가 네 가문은 모두 검을 주무기로 사용하고 있다. 그러므로 이들 네 가문의 성명절학 역시 검법이다.

화운룡은 세 명의 가주 다섯 걸음 앞에서 왼손을 허리 뒤로 돌려서 뒷짐을 지고 오른팔을 천천히 들어 올렸다.

치이이잉…….

그때 갑자기 허공에서 은은한 음향이 흘러서 중인은 깜짝 놀라 그곳을 쳐다보았다.

화운룡이 천천히 들어 올리고 있는 오른손 앞쪽 허공인데 그곳에 무언가 흐릿하게 반짝이면서 얼음 같은 것이 만들어지고 있었다.

그리고 그것은 잠시 후에 한 자루 투명한 검의 형태를 보여주기 시작했다.

'무형검!'

중인이 움찔 놀랄 때 한 자루 무형검이 화운룡의 오른손에 굳게 쥐어졌다.

지잉…….

화운룡의 입에서 나직한 중얼거림이 흘러나왔다.

"청룡전린참(靑龍電麟斬)이다."

모두 정신을 바짝 차리고 눈이 커졌지만 청룡전가 사람들이 제일 긴장했다.

화운룡의 오른손이 느릿하게 허공을 가리켰다.

그러나 단지 느리게 보일 뿐이지 이미 허공에서는 검초식이 전개되고 있었다.

파츠츠츠츠으읏!

세 명의 가주 앞에 도저히 인간의 손으로 전개되는 것 같지 않은 번갯불 전린이 갑자기 화악! 생겨나더니 세 명을 향해 무서운 속도로 쏘아갔다.

"……."

"……!"

세 명의 가주는 피하기는커녕 피할 엄두도 내지 못한 채 두 다리가 바닥에 뿌리를 내린 것처럼 서 있을 뿐이다.

다음 순간 세 줄기 반투명한 빛 즉, 검강이 세 명의 가주 코앞 한 뼘 거리에서 뚝 정지했다.

그러더니 세 줄기 검강이 위로 솟구쳤다가 하나로 합쳐져서 다시 방향을 틀어 아래로 급전직하 곤두박질쳤다.

모르긴 해도 저대로 적중하면 바닥에 깊고도 커다란 구멍이 뚫리고 말 것이다.

뚝…….

그러나 세 줄기가 하나로 합쳐진 굵직한 반투명의 검강은 바닥 한 뼘을 남기고 사라져 버렸다.

좌중에 고요한 적막이 흘렀다. 다들 너무 놀라서 귀신을 본 것 같은 표정을 지을 뿐 아무도 입을 열지 않았다.

"방금 본 것이 맞느냐?"

"……."

화운룡이 조용한 목소리로 물었지만 아무도 대답하지 않았다.

"청룡."

"아……!"

"맞느냐고 물었다."

북궁선휘는 화들짝 놀랐다가 공손히 허리를 굽혔다.

"마… 맞습니다."

"한 번도 본 적이 없을 텐데 어떻게 맞다는 것이냐?"

"본 적이 없어도 알 수 있습니다."

"네 말이 옳다. 그래야 청룡전가주라고 할 수 있지."

화운룡은 고개를 끄떡인 후에 은성혼을 쳐다보았다.

"다음은……."

"주군, 그걸로 끝입니까?"

북궁선휘가 급히 물었다.

"뭐가 말인가?"

북궁선휘는 난감한 표정을 지었다.

"청룡전린참… 한 번만 보여주시는 겁니까?"

"그러면 되지 않았나?"

북궁선휘는 상호연과 북궁창성, 아들 북궁연을 둘러보았다.

그러자 북궁연이 공손히 말했다.

"아버지, 소자는 다 배운 것 같습니다."

"뭐어……?"

"아범아, 나도 알 것 같구나."

"여보, 그다지 어렵지 않은 것 같아요."

뒤이어서 북궁창성과 상호연까지 어렵지 않게 배웠다고 말하자 북궁선휘는 돌아버릴 것 같은 표정을 지었다.

"아버님, 여보……."

그는 아들과 부친. 아내까지 한 번 보고 다 배웠다는데 자신만 모른다고 하니까 바보가 된 기분이다.

그때 북궁운설이 톡 튀어나왔다.

"아버지, 소녀는 배우지 못했어요."

"설아……."

북궁운설은 화운룡을 보면서 입술을 삐죽거렸다.

"조금 전에 주군께서 전음을 보내셨는데 아버지를 골려주자는 내용이었어요."

북궁선휘는 어이없는 표정을 지었다.

"설마 주군께서……."

화운룡이 엄숙한 표정으로 북궁운설을 가리켰다.

"너는 딸의 말을 믿는 것이냐?"

"아아… 속하는……."

북궁선휘는 식은땀을 흘리면서 전전긍긍했다.

*   *   *

북궁운설은 화운룡에게 억울하다는 듯 항의했다.

"주군, 조금 전에 아버지를 골리자고 저한테 전음을 보내셨잖아요."

"내가 언제?"

"그러셨잖아요!"

화운룡은 뒷짐을 지고 시치미를 뗐다.

북궁운설은 모친과 오빠, 조부를 일일이 쳐다보면서 호응해주기를 원했다.

"주군께서 어머니와 오라버니, 할아버지에게도 전음을 보내셨죠? 그렇죠?"

"아니? 주군께서 무슨 전음을 보내셨다는 것이냐?"

"설아, 너 무슨 꿈을 꾼 것이니?"

세 사람이 정색으로 고개를 가로젓자 북궁운설은 답답하고 억울하다는 듯 주먹으로 가슴을 쳤다.

"소녀는 절대로 헛소리를 듣지 않았어요……!"

북궁선휘가 엄한 얼굴로 딸을 꾸짖었다.

"설아, 주군을 모함하다니 벌을 받아야겠구나."

"아버지……."

북궁운설은 너무 억울해서 커다란 두 눈에 눈물이 그렁그렁 고였다.

화운룡이 청룡전가 사람들에게 말했다.

"자, 청룡전린참을 다시 한번 전개할 테니까 다들 잘 보도록 하게."

"알겠습니다."

"최소한 천천히 열 번은 전개해야 눈에 익을 게야."

화운룡은 수중의 무형검으로 청룡전린참을 매우 느리게 전개하기 시작했다.

북궁선휘와 북궁운설은 화운룡의 말을 듣고 청룡전린참을 다 배웠다고 말한 가족들이 거짓말을 한 것이라는 사실을 알게 되었다.

화운룡이 초식을 전개하다 말고 북궁운설을 처다보았다.

"설아, 너는 배우지 않을 것이냐?"

북궁운설은 눈물이 가득 고인 눈으로 화운룡을 곱게 흘겼다.

"주군, 나빠요."

"하하하! 놀려서 미안하구나!"

화운룡은 명랑하게 웃고 나서 청룡전린참을 전개했다.

화운룡은 한 시진에 걸쳐서 주작운가와 현무벽가의 성명절초를 전개했고 또 가르쳐 주었다.

백호뇌가 소진청 가족을 제외한 세 가문 사람들은 배운 절초식을 익히느라 대전 여기저기에서 무리 지어 부지런히 연습을 하고 있다.

주작운가와 현무벽가 사람들은 화운룡이 자신들 가문의
성명절학을 완벽하게 전개하고 또 마지막 절초를 전수하자 그
가 사신천제라는 사실을 믿어 의심하지 않았다.

화운룡은 원래 자리에 앉아서 술을 마시면서 소진청에게
사신천가가 해야 할 일에 대해서 지시했다.

지시가 끝나자 소진청이 물었다.

"주군께선 어딜 가십니까?"

"천신국에 천황파 우두머리들을 죽이러 가네."

화운룡의 말에 소진청과 염교교, 홍예는 크게 놀라서 한동
안 아무 말도 하지 못했다.

한참 만에 소진청이 공손히 입을 열었다.

"속하가 도울 일이 있습니까?"

화운룡은 빙그레 미소 지었다.

"내가 천신국에 다녀올 동안 중원의 천황파 놈들을 깨끗하
게 정리해 놓게."

"알았습니다."

화운룡은 소진청이 뭔가 망설이고 있는 것 같은 표정을 간
파했다.

"진청, 할 말이 있나?"

"아… 네. 아아… 아닙니다."

그는 적잖이 당황해서 손을 저었다.

"말해보게."

화운룡이 점잖게 말하자 소진청은 어렵사리 말을 꺼냈다.

"실은……."

사실은 지금 소진청이 하려는 얘기는 당사자가 절대로 하지 말라고 했었다.

이 얘기의 주인은 두 사람이며 그들은 화운룡이 죽은 줄 알고 있다.

그들은 평소 소진청에게 만약 화운룡이 살아서 나타난다고 해도 자신들은 그의 앞에 절대로 나타나서는 안 된다고 입을 모아 말했다.

그러므로 소진청이 두 사람에 대해서 말하려는 것은 그들의 뜻에 위배되며 순전히 자신의 판단인 것이다.

소진청은 두 사람에 대해서 말하는 것이 잘하는 일인지 아니면 돌이키지 못할 일을 하는 것은 아닌지 올바른 판단이 서지 않았다.

소진청은 깊숙이 고개를 숙였다.

"주군, 속하가 말을 잘못 꺼냈습니다. 듣지 못하신 것으로 해주십시오."

화운룡은 중대한 일을 처리하러 먼 길을 떠나는데 아무래도 그의 발목을 잡을 것만 같아서 소진청은 자신이 사죄를 하거나 벌을 받더라도 두 사람에 대해서는 말하지 말아야겠다고 판단했다.

소진청은 자신이 이렇게까지 하면 화운룡이 알았다고 덮어줄 줄 알았는데 오산이었다.

"자넨 내가 심지를 제압할 수 있다는 걸 알고 있지?"

심지가 제압당해서 말을 할 테냐 아니면 스스로 말하겠느냐 양단간에 결정하라는 뜻이다.

소진청은 씁쓸한 표정을 지었다.

"말씀드리겠습니다."

그는 잠시 뜸을 들였다가 매우 어렵사리 입을 열었다.

"신기서생과 혈영객이 북경에 있습니다."

"……."

술잔을 입으로 가져가던 화운룡의 동작이 뚝 멈추었고 목과 이마에 힘줄이 곤두섰다.

"방금 뭐라고 그랬나?"

"신기서생과 혈영객이 북경에 있다고 말씀드렸습니다."

"서… 설마 장하문과 설운설을 말하는 것인가?"

화운룡의 목소리가 가늘게 떨렸다.

"그렇습니다."

"저… 정말인가?"

화운룡만이 아니라 항아, 연종초와 얘기를 나누고 있던 옥봉도 소스라치게 놀라서 소진청을 쳐다보았다.

소진청은 크게 고개를 끄떡였다.

"정말입니다."

"그들이 살아 있었다는 말인가?"

"그렇습니다. 이 년 전에 저를 찾아왔기에 제가 살 곳을 마련해 주었습니다."

"살 곳을 마련해 줬다고?"

"그들은……."

소진청은 신기서생 장하문과 혈영객 설운설에 대해서 설명하기 시작했다.

화운룡은 소진청에게 장하문과 운설이 살아 있다는 말을 듣자마자 한시도 지체하지 않고 가루라를 타고 곧장 북경으로 날아왔다.

소진청은 장하문과 운설이 동태하 전투 때 불에 타서 몰골이 엉망인 데다 무공마저 잃었다고 말해주었다.

두 사람은 굶어 죽지 않으려고 몇 달이나 걸려서 소진청을 찾아오긴 했지만 병신이 된 데다 무공까지 잃은 자신들이 아무 데도 쓸모가 없으니까 살 곳과 먹을 것을 마련해 달라고 소진청에게 부탁했다는 것이다.

화운룡과 옥봉, 항아, 연종초 등은 가루라에서 아래로 뛰어내려 만경루 앞에 가볍게 내려섰다.

"이리 오십시오."

소진청이 만경루의 뒤쪽으로 안내했다.

화운룡 뒤에 옥봉과 항아, 연종초, 그리고 염교교와 홍예가 따르고 있다.

만경루는 백호뇌가의 비응신에서 운영하는 주루의 하나이며 북경제일루라고 불릴 정도로 술맛과 요리가 훌륭하고 규모가 어마어마하다.

만경루 뒤쪽에는 하나의 장원이 연결되어 있으며 이십여 채의 크고 작은 집들이 어둠 속에 띄엄띄엄 웅크리고 있었다.

스읏!

소진청을 비롯하여 화운룡 등은 새털처럼 가볍게 담을 넘어 장원 안으로 진입했다.

소진청은 전각과 집들 사이를 요리조리 달려서 이윽고 작은 숲속에 위치한 별채에 당도했다.

아담한 단층짜리 별채 앞에 멈춘 화운룡은 가슴이 마구 두근거리는 것을 어쩌지 못했다.

이제 잠시 후면 꿈에도 보고 싶어 하던 장하문과 운설을 만날 수 있다는 사실이 믿어지지 않았다.

"불러보게."

"듣지 못하고 말도 못합니다."

화운룡의 말에 소진청이 고개를 가로저으며 말했다.

"아……."

화운룡은 가슴이 미어지는 것만 같았다.

그 말을 듣고 옥봉은 벌써 눈물을 펑펑 흘리고 있다.

그토록 잘난 장하문과 운설이 도대체 얼마나 다쳤으면 벙어리에 귀머거리가 됐다는 말인가.

척!

소진청이 돌계단을 올라가서 문을 열고 화운룡이 들어가기를 기다렸다.

화운룡이 앞서고 옥봉과 항아, 연종초, 그리고 소진청과 염교교, 홍예가 뒤따라서 들어갔다.

염교교와 홍예가 빠른 동작으로 대전의 몇 군데 유등에 불을 붙이자 환해졌다.

대전의 왼편에는 주방이 있으며 오른쪽에 두 개의 방이 있는데 소진청은 그중에 하나의 방문을 열었다.

척!

실내는 캄캄하지만 화운룡은 저만치 침상에 두 사람이 자고 있는 모습을 발견했다.

나란히 누워 있는 두 사람은 이불을 목까지 덮고 있어서 얼굴이 드러났는데 그 얼굴을 보는 순간 화운룡은 가슴이 콱 미어져서 숨을 쉴 수가 없다.

소진청이 침상으로 걸어가고 염교교와 홍예가 실내의 유등

두 개에 불을 붙였다.

소진청이 침상의 가장자리 쪽에 누워 있는 사람을 흔들어서 깨웠다.

도저히 사람의 얼굴이라고 할 수 없을 정도로 불에 타서, 아니, 녹아서 일그러진 사람이 하나뿐인 눈을 뜨더니 껌뻑거리면서 소진청을 바라보았다.

그러다가 누구인지 알아보고는 일어나려고 뒤뚱거리는 것을 소진청이 부축해서 일으켜서 앉혔다.

"으으… 어어……."

그는 녹슨 쇠끼리 부대끼면서 긁는 것 같은 괴이한 소리를 내는데, 아마도 이런 밤중에 무슨 일이냐고 소진청에게 묻는 것 같았다.

소진청은 말없이 옆으로 비키면서 뒤쪽을 가리켰다.

그런데 화운룡은 이미 소진청의 뒤에 바싹 붙어서 어깨 너머로 일그러진 사람을 굽어보고 있었다.

침상에 앉아 있는 사람은 유등을 등지고 서 있는 화운룡의 어두운 얼굴을 알아보지 못하고 하나뿐인 눈을 껌뻑거리면서 소진청을 쳐다보았다.

그때 홍예가 벽에서 유등을 떼어 갖고 와서 화운룡 앞에서 비춰주었다.

"……."

일그러진 얼굴을 지닌 사람의 하나뿐인 눈이 몇 번인가 껌뻑거리다가 한순간 찢어질 것처럼 부릅떠졌다.

"으어어……."

그러고는 입을 크게 벌리고 이상한 소리를 내면서 두 팔을 앞으로 뻗었다.

화운룡은 가슴이 찢어지는 것만 같았다. 머리카락이 한 올도 없고 두 개의 콧구멍이 뻥 뚫린 데다 입술이 없어서 몇 개밖에 없는 이빨이 드러난 흉측한 몰골의 그 사람이 장하문인지 운설인지 도무지 짐작조차 할 수가 없어서 그에게 미안해 죽고 싶은 심정이었다.

척!

화운룡은 너무 놀란 나머지 상체가 뒤로 쓰러지고 있는 그 사람의 양쪽 어깨를 잡고 허리를 굽혀 상체를 한껏 낮춘 채 참담한 표정으로 물었다.

"너는 누구냐……? 하룡이냐? 아니면 운설이냐?"

"으어어! 어으으……."

일그러진 얼굴의 하나뿐인 눈에서 폭포처럼 눈물이 떨어지고, 아니, 쏟아져 내렸다.

떡처럼 짓뭉개져서 붙어버린 두 손으로 화운룡의 팔을 잡으려고 애쓰면서 비명인지 울음인지 모를 괴성을 지르며 몸을 흔들어대고 있었다.

그런데도 옆에 누운 장하문인지 운설인지 모를 사람은 깊은 잠에서 깨어나지 않고 있다.

소진청이 옆에서 굵은 눈물을 흘리며 말했다.

"그는 신기서생입니다."

화운룡은 두 손으로 이 년 만에 다시 만난 장하문의 짓이겨진 얼굴을 다정하게 쓰다듬었다.

"하룡… 네가 하룡인가……?"

"으어어! 으어어……."

장하문은 고개를 끄떡이며 눈물을 철철 흘리고 또 피를 토하듯이 괴성을 질러댔다.

어느새 화운룡의 눈에서도 굵은 눈물이 뚝뚝 떨어지더니 울음을 터뜨리고 말았다.

"으허엉! 하룡……! 살아 있었구나……! 하룡……!"

그는 세게 안으면 깨어질까 봐 장하문의 몸을 조심스럽게 가만히 안으며 오열했다.

그러면서 이것이 절대 꿈이 아니기를 빌고 또 빌었다.

장하문은 온몸을 와들와들 떨면서 괴성을 지르며 울었다.

그때 이상한 기척을 느꼈는지 장하문 뒤쪽의 사람 즉, 운설이 부스스 일어났다.

*   *   *

장하문에 비해서 추악함이 더하면 더했지 결코 못하지 않은 모습의 운설은 잠이 덜 깬 모습으로 불이 환하게 켜진 실내를 두리번거렸다.

그녀는 실내에 불이 켜져 있으며 장하문이 누군가와 포옹을 하고 있고 또 그 옆에 소진청이 서서 감격스러운 표정을 짓고 있는 모습을 보았다.

운설은 놀라는 표정을 지었지만 불에 심하게 데어 짓이겨진 얼굴이라서 표정이 나타나지 않았다.

그녀는 등을 보이고 있는 장하문이 누군가와 포옹을 하고 있다는 사실을 알게 되었다.

도대체 이런 밤중에 장하문이 자다가 말고 일어나서 누구와 포옹을 하고 있는지 궁금하기 짝이 없다.

그때 운설은 장하문의 어깨 너머로 하나의 얼굴이 나타나는 것을 발견했다.

그것은 매우 준수한 얼굴인데 눈물을 뚝뚝 흘리고 있었다.

"……."

그 순간 운설은 자신이 지금 꿈을 꾸는 것이 아닌가 하는 생각이 들었다.

현실에서는 절대로 볼 수 없는 얼굴을 그녀가 보고 있기 때문이다.

장하문은 짐승 같은 소리라도 내지만 운설은 목을 심하게 다친 까닭에 아무 소리도 내지 못하는 몸이 되었다.

그때 화운룡이 운설을 보았다. 그는 눈물 너머로 장하문과 별반 다를 것 없는 흉측한 몰골 하나가 늘어진 살에 덮인 눈을 커다랗게 뜨고 놀라는 것을 발견했다.

화운룡은 장하문을 떼어놓고 운설 앞으로 다가갔다.

"설아!"

아예 듣지도 못하는 운설은 화운룡이 벙긋거리는 입모양을 보고 자신의 이름을 부른다는 사실을 깨달았다.

"너 설이지? 설운설! 나 화운룡이다!"

운설이 온몸을 격렬하게 바들바들 떨면서 눈물을 소나기처럼 흘리며 두 팔을 내밀었다.

"설아! 어흐웅!"

화운룡은 포효하듯이 거센 울음을 터뜨리면서 운설을 격렬하게 끌어안았다.

운설은 화운룡의 품에 안겨서 몸을 파들파들 떨었다. 그녀는 그를 마주 안지 않고 그저 비에 흠뻑 젖은 다람쥐나 참새가 추위에 오들오들 떨 듯이 옹송그리고 있을 뿐이다.

말도 하지 못하고 듣지도 못하는 운설은 금방이라도 숨이 끊어질 것처럼 거친 숨소리를 허윽! 허윽! 냈다.

미래에서 화운룡의 최측근이라고 할 수 있는 인물이 네 명이었는데 바로 장하문과 운설, 명림, 홍예였다.

그리고 과거로 회귀해서도 그들 네 명은 여전히 화운룡의 최측근이 돼주었다.

그들 네 명은 화운룡의 분신이며 그림자였다. 그러므로 그들이 죽었다고 여겼을 때 화운룡은 사지가 잘라져 나간 아픔과 상실감을 맛보았다.

그렇게 지난 이 년 동안 죽은 줄 알았던 최측근 네 명 중에 명림과 홍예를 차례로 만났으며, 이제 장하문과 운설까지 재회하게 되었다.

"이리 와라. 하룡."

침상 위에서 운설을 안고 있던 화운룡은 옆에서 울고 있는 장하문을 끌어당겨 두 사람을 함께 그러안았다.

"너희들… 살아 있어주어서 정말 고맙다……."

"흐어어… 어어으으……."

장하문이 화운룡 어깨에 괴물 같은 얼굴을 묻은 채 하나뿐인 눈으로 눈물을 흘리며 괴성을 흘려냈다.

화운룡은 장하문과 운설을 부축하여 침상에서 바닥으로 조심스럽게 내려섰다.

그때 옥봉이 비 오듯이 철철 눈물을 흘리며 다가왔다.

"하룡… 운설… 살아 있었군요……."

옥봉을 발견한 장하문과 운설은 크게 놀라더니 급히 그 자리에 부복했다.

장하문과 운설은 둘 다 일그러지고 짓이겨진 모습이라서 누가 누군지 알아보기 어렵다.

그들을 구별하는 방법은 체구가 큰 쪽이 장하문이고 마르고 작은 쪽이 운설이라는 것이다.

장하문과 운설은 불에 데어서 손가락과 발가락이 오그라든 것은 물론이고 팔다리도 기형이 돼버렸다.

그래서 부복을 제대로 하지 못해서 앞으로 고꾸라지듯이 몸을 던져야만 했다.

옥봉은 급히 두 사람을 부축해서 일으켰다.

"그러지 말아요. 어서 일어나세요……!"

옥봉은 일으킨 두 사람을 한 사람씩 품에 안고 등을 쓰다듬으며 눈물을 그치지 못했다.

항아와 연종초는 장하문과 운설을 처음 보지만 화운룡과 옥봉에게 하도 많이 들어서 낯설지가 않았다.

연종초는 이 모든 일들이 자신 때문에 일어났다는 자책 때문에 마음이 납덩이처럼 무거웠다.

화운룡 일행은 넓은 접객실로 자리를 옮겼다.

그런데 아까의 격렬했던 감흥은 사라졌으며 좌중은 무겁게 가라앉았다.

극적인 상봉 이후에 장하문과 운설은 자신들의 비참한 처지를 깨닫고 화운룡을 이곳으로 데리고 온 소진청을 원망하기에 이르렀다.

이처럼 엉망이 된 자신들의 모습을 화운룡에게 보이는 것이 너무도 부끄러웠으며, 그에게 더 이상 아무런 도움이 되지 못하는 데다 오히려 귀찮은 짐만 될 것이라는 현실이 너무 싫은 것이다.

두 사람의 그런 심정을 헤아린 화운룡은 그들의 충정에 다시금 가슴이 아렸다.

두 사람은 제대로 걷지도 못할 뿐만 아니라, 손발이 오그라들어서 물건을 집지도 못하는 데다 말을 할 수가 없으며 듣지도 못한다.

장하문이 짐승처럼 으으… 어어… 소리를 내는 것이 고작일 정도다.

화운룡은 장하문과 운설을 나란히 앞에 앉히고 두 손으로 그들의 손목을 잡았다.

그리고 명천신기를 부드럽게 주입하여 두 사람의 망가진 목과 입, 그리고 귀를 치료했다.

"……!"

무언가 매우 청량한 기운이 입과 목과 귀를 감싸자 두 사람은 깜짝 놀라서 눈을 크게 떴다.

"으어어……."

화운룡이 온화하게 말했다.

"이제는 말할 수 있으니까 해봐라."

"……."

화운룡의 목소리가 들렸다.

"내가 방금 너희 입과 목을 치료했으니까 말할 수 있을 것이다. 해봐라."

장하문의 하나뿐인 눈과 운설의 늘어진 살에 덮인 눈이 커다랗게 커졌다.

장하문이 놀란 얼굴로 입을 오므리고 소리를 내려고 애썼다.

"우우… 주… 주군……."

화운룡은 빙그레 웃었다.

"그래. 나다, 하룡."

장하문은 또다시 왈칵 눈물을 쏟았다.

"주… 주군!"

화운룡은 눈을 휘둥그렇게 뜨고 있는 운설의 머리카락이 한 올도 없는 반들반들한 머리를 쓰다듬었다.

"설아, 너도 말을 해봐라."

"……."

오랫동안 외부의 소리를 듣지 못했던 운설은 화운룡의 목소리가 들리자 신기하고 감격해서 어쩔 줄 몰랐다.

화운룡을 비롯하여 모두들 주시하고 있는 가운데 운설은 입을 오므리고 말을 하려고 애썼다.

콧구멍 두 개가 뻥 뚫리고 입술이 전혀 없는 데다 듬성듬성 몇 개의 이빨만 있는 입을 오므리려고 애쓰면서 말을 하려는 운설의 모습이 흉측하기 짝이 없는데도 눈살을 찌푸리는 사람은 아무도 없다.

"으으… 여… 여… 보……."

이 년여 만에 처음으로 내뱉은 운설의 말이 '여보'라는 사실을 알아들은 사람은 화운룡 혼자뿐이다.

"으어어… 아아……."

운설은 자신이 말을 했다는 사실이 너무 놀라서 어쩔 줄을 모르고 눈물을 흘렸다.

화운룡이 차분한 어조로 장하문과 운설에게 말했다.

"내가 만약 너희 같은 모습으로 나타난다면 너희는 나를 외면했을 것이냐?"

"아… 아닙니다……."

"으으… 아니에요……."

두 사람은 고개를 세차게 가로저으면서 불분명한 발음이지만 강하게 항변했다.

화운룡이 진지하게 물었다.

"그렇다면 너희는 나를 거두어서 돌보겠느냐?"

두 사람은 힘차게 고개를 끄떡였다.

"무… 물론입니다……!"

"다… 당연하지요……."

화운룡은 엄한 표정으로 두 사람을 꾸짖었다.

"그런데 너희는 어째서 너희가 살아 있다는 사실을 내게 알리지 말라고 했느냐?"

"주군……."

운설이 닭똥 같은 눈물을 흘렸다.

"저… 저희는… 도움이 되지 못하고… 짐만 될 텐데……."

"내가 너희 입장이라면 나도 마찬가지가 아니겠느냐?"

"그… 렇지만 주군은 저희와 다릅니다……."

화운룡은 단호한 표정을 지었다.

"다르지 않다."

그의 표정이 아련해졌다.

"나는 너희 두 사람이 그리워서 많이 힘들었다."

"주군……."

"그리고 나는 너희의 병을 고칠 테니까 짐이 된다는 생각은 하지 마라."

병을 고친다는 말에 장하문과 운설은 눈을 크게 뜨고 화운룡을 쳐다보았다.

두 사람은 의아한 표정을 지었지만 일그러진 얼굴에는 전혀 드러나지 않았다.

화운룡은 먼저 장하문부터 치료했다.

예전 명림이나 홍예를 치료했을 때처럼 장하문을 나신으로 만들어서 명천신기를 끌어 올려 두 손에 주입하여 추궁과혈 수법으로 온몸을 쓰다듬고 주물러서 불에 데고 일그러진 상처를 풀어주었다.

이 세상에서 화운룡에 대해서 가장 잘 알고 있는 사람은 누가 뭐래도 장하문이다. 아니, 장하문이었다.

장하문이 알고 있는 한 화운룡의 능력으로는 그처럼 심각하게 불에 덴 상처를 치료하지 못한다.

그는 화운룡의 공력이 이 년여 전의 삼백오십 년 수준이라고 알고 있다.

'그렇지만……'

장하문은 아까 화운룡이 자신과 운설의 벙어리와 귀머거리를 치료해 준 일을 기억해 냈다.

장하문이 알고 있는 예전 화운룡의 능력이라면 장하문과 운설의 벙어리와 귀머거리를 치료하지 못할 것이다.

"하룡, 혼혈 눌러줄까?"

"아… 괜찮습니다……."

생각에 잠겨 있던 장하문은 화운룡의 말에 깜짝 놀랐다.

척!

문이 열리고 말쑥한 옷으로 갈아입은 한 명의 청수하고 준수한 청년이 천천히 걸어 나왔다.

접객실에서 기다리고 있는 옥봉과 운설 등은 청년을 보고 눈이 휘둥그레졌다.

그 청년은 다름 아닌 이 년여 전 멀쩡했던 모습의 장하문이었기 때문이다.

"하룡!"

옥봉이 환하게 웃으면서 다가가 손을 잡자 장하문은 그 자리에 넙죽 엎드려서 절을 올렸다.

"주모, 속하 장하문이 다시 인사드립니다."

"아아… 하룡. 완치된 것을 축하해요. 무공도 회복됐나요?"

장하문은 고개를 들고 옥봉을 우러러보았다.

"물론입니다."

옥봉이 일으켜 주자 장하문은 공손히 예를 취한 후에 운설에게 말했다.

"주군께서 누님 들어오시랍니다."

장하문이 제 모습을 되찾고 무공까지 회복된 것을 알고 운설은 심장이 벌벌 떨려서 어쩔 줄을 몰랐다.

"누님, 주군을 기다리시게 할 겁니까?"

장하문의 재촉에 운설은 비틀거리면서 방으로 걸어갔다.

운설이 방에 들어간 후에 옥봉은 장하문을 이끌고 항아와 연종초가 나란히 앉아 있는 곳으로 갔다.

항아와 연종초는 장하문이 누군지 잘 알기에 적잖이 긴장하여 그를 바라보았다.

옥봉이 그녀들을 소개했다.

"용공의 부인들이에요. 인사드려요."

"아……!"

장하문은 깜짝 놀라서 나직한 탄성을 터뜨렸다.

그는 경황 중이었으나 실내에 아름다운 두 명의 미인이 있는 것을 눈여겨보았었다.

하지만 그녀들이 화운룡의 부인일 것이라고는 전혀 예상하지 않았었다.

왜냐하면 화운룡이 얼마나 옥봉을 사랑하는지 잘 알고 있기 때문이다.

심지어 그는 미래에서 옥봉만을 생각하느라 팔십사 세가 될 때까지 동정이지 않았는가.

항아와 연종초는 장하문이 화운룡의 장자방이며 최측근 중에서도 최측근이라는 사실을 잘 알고 있으므로 긴장하지 않을 수가 없다.

그런데 장하문이 인사를 하기 전에 정중하게 물었다.

"실례지만 두 분이 누구신지 알고 싶습니다."

옥봉은 과연 장하문답다는 표정을 지었다. 그녀가 알고 있는 장하문이라면 인사를 하란다고 넙죽 인사부터 하는 사람이 아니었다.

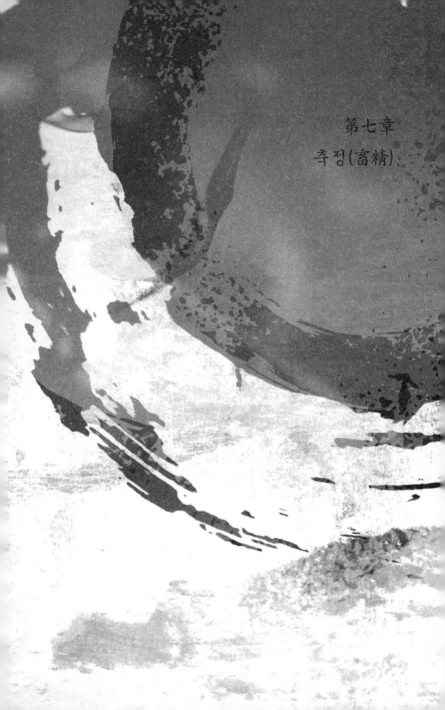

第七章
축정(畜精)

　운설은 부끄러워서 당장에라도 숨이 끊어질 것만 같았다.

　예전에 운설은 화운룡에게 나신을 보인 적이 다 합쳐서 수십 번을 됐을 것이다.

　그런데도 지금 그녀는 나신이 되어 침상에 반듯하게 누워 있는 것이 그때하고는 비교할 수도 없을 만큼 부끄러웠다.

　자신의 처참하고 끔찍한 몰골이 부끄러운 것이다. 예전의 늘씬하고 풍만한 몸매라면 보라는 듯이 자랑하겠지만 지금은 여자인지 남자인지 구별도 되지 않는 몸뚱이라서 그저 한정

없이 부끄러운 것이다.

그것도 운설이 평생을 두고 사랑하는 화운룡 앞이라서 더더욱 그렇다.

운설은 가슴도 짓이겨져서 없고 여성의 은밀한 부위도 사라져서 여자라고 할 수도 없는 몸뚱이다.

"치료하마."

화운룡의 조용한 목소리가 들리자 운설은 괜스레 가슴이 철렁 내려앉았다.

하지만 그녀는 눈을 꼭 감은 채 뜨지 않았다.

"다 됐다."

반시진 후에 화운룡이 운설의 몸에서 손을 뗐다.

운설은 침상에 누운 채 눈을 뜨지 않고 떨리는 목소리로 조그맣게 물었다.

"어떻게 됐어요?"

"뭐가?"

"제 몸 말이에요."

"제대로 고쳤다."

운설은 가만히 눈을 뜨고 눈동자를 아래로 향했지만 누운 자세에서 자신의 몸을 볼 수 있을 리 만무하다.

"일어나 앉아서 봐야지."

"무서워요."

화운룡은 빙그레 미소 지었다.

"너 혈영객 맞느냐? 겁쟁이가 다 됐구나."

운설은 얼굴을 살짝 붉혔다.

"저 같은 신세가 되면 어쩔 수 없어요."

"미안하다."

화운룡은 운설의 아픈 곳을 건드린 것 같아서 사과했다.

"당신도 변했어요. 사과를 다 하고……."

"일어나라."

화운룡이 운설을 일으켜서 앉혀주었다.

그러자 운설은 자연스럽게 자신의 몸을 내려다보게 되어 소스라치게 놀랐다.

"아앗!"

그녀는 동태하 전투 때 불에 타서 잃어버렸던 자신의 늘씬하고 풍만한 몸을 다시 보게 되자 믿어지지 않는다는 표정으로 눈을 커다랗게 떴다.

그녀는 침상 위에서 일어나 서서 자신의 몸을 이리저리 둘러보면서 경악과 감탄을 금하지 못했다.

그녀는 아까하고는 달리 자신의 벗은 몸을 조금도 부끄러워하지 않았다.

불에 타서 짓이겨진 흉측한 몸뚱이가 아니라 예전의 아름다운 몸을 되찾았기 때문이다.

"아아… 어떻게 이럴 수가 있는 거죠? 눈으로 보면서도 믿어지지가 않아요. 설마 이게 꿈은 아니겠죠?"

화운룡은 빙그레 미소 지었다.

"인석아, 내가 누구냐?"

운설은 화운룡을 향해 서서 긴장된 표정으로 물었다.

"얼굴은 어때요? 원래대로 돌아왔나요?"

"오냐."

화운룡은 미리 준비해 둔 동경(銅鏡: 거울)을 내밀었다.

운설은 무척이나 조심스럽게 동경을 얼굴 앞으로 가져갔다가 예전처럼 아름다운 얼굴이 비쳐지자 탄성을 터뜨렸다.

"아아!"

그녀는 동경에 비친 자신의 얼굴을 한참이나 들여다보다가 이윽고 동경을 내던지고 화운룡에게 와락 달려들었다.

"여보!"

그녀는 화운룡의 허리를 꼭 끌어안고 그의 얼굴에 뺨을 비비면서 울음을 터뜨렸다.

"정말 고마워요. 여보… 꿈만 같아요… 흐흐흑!"

그러더니 운설은 화운룡에게 입술을 비비다가 갑자기 혀를 집어넣었다.

찰싹!

화운룡은 손바닥으로 운설의 엉덩이를 세게 때리면서 그녀를 떼어냈다.

"인석아, 봉애 알면 넌 죽음이다."

운설은 엉덩이를 쓰다듬으며 원망스럽다는 듯 화운룡을 바라보았다.

"주모께선 듣지 못하시잖아요."

그때 운설의 귀에 옥봉의 전음이 들렸다.

[다 듣고 있거든요?]

"악!"

운설은 소스라치게 놀라 비명을 질렀다.

운설은 돌덩어리처럼 굳은 표정이다.

연종초가 천여황이며 화운룡이 맞이한 셋째 부인이라는 설명을 들었기 때문이다.

장하문은 아무 말도 하지 않고 물끄러미 운설을 바라보고만 있을 뿐이다.

그는 천여황 연종초를 받아들여라 마라 가타부타 아무 말도 하지 않았다. 그것은 운설의 몫이기 때문이다.

한참 만에 운설이 입을 열었다.

"그래서 너는 어떻게 했어?"

동태하 전투 때 불구가 돼버린 두 사람은 지난 이 년여 동안 더할 수 없이 친해져서 친남매처럼 지냈다.

"나는 그분을 셋째 주모로 받아들였어."

"왜?"

"주군께서 받아들이셨으니까."

운설은 '어?' 하는 표정을 지었다가 곧 고개를 끄떡였다.

"그런가?"

"주군의 판단은 언제나 옳으셨잖아."

"그랬었지."

크게 생각할 필요까지 없다. 천여황 때문에 동태하 전투가 벌어졌으며 비룡은월문의 많은 형제들이 죽었다.

그리고 장하문과 운설은 지난 이 년여 동안 지옥처럼 비참하게 살았다.

장하문이 중얼거렸다.

"이 년 전에 천여황이 주군을 죽였었대."

운설의 눈이 동그랗게 커졌다.

"그랬대?"

"그 이전에 이미 두 분은 사랑하는 사이였는데 천여황이 주군을 알아보지 못하고 손을 쓴 거였지."

"그 말을 누가 했어?"

"천여황이."

장하문은 가라앉은 목소리로 말했다.

"주군을 죽여놓고 절망에 빠져서 사는 동안 천여황 머리카락이 백발로 변했다더군."

장하문이 일어섰다.

"누님이 알아서 결정해."

그가 방을 나간 후에 운설은 혼자 방에서 꽤 오랫동안 생각에 잠겼다.

척!

방을 나온 운설은 화운룡에게 갔다.

화운룡은 세 명의 부인과 탁자에 둘러앉아서 술을 마시고 있는데 장하문도 끼어 있었다.

운설을 본 화운룡이 고개를 끄떡였다.

"설아, 이리 와서 너도 같이 마시자."

운설이 곧장 걸어오는 모습을 본 연종초는 적잖이 긴장한 표정을 지었다.

옥봉의 말에 의하면 화운룡에게 있어서 장하문과 운설은 형제자매나 같다고 했기 때문이다.

운설은 화운룡 왼쪽에 나란히 앉아 있는 항아와 연종초 뒤에 우뚝 멈춰 섰다.

"운설이 두 분 주모를 뵈옵니다."

운설은 그 자리에 무릎을 꿇고 부복했다.

연종초는 가슴이 뭉클하여 즉시 일어나서 운설을 부축하여 일으켰다.

"어서 일어나서 우리와 같이 마셔요."

장하문과 운설은 너무도 놀라서 자리를 박차고 벌떡 일어서며 외침을 터뜨렸다.

"그게 정말입니까?"

"정말이에요, 여보?"

운설은 '여보'라고 해놓고 움찔하며 옥봉의 눈치를 살폈다.

옥봉은 미소를 지으며 고개를 가로저었다.

"하지 말아요."

"죄송합니다, 대주모."

장하문과 운설은 방금 전에 들은 화운룡의 말 때문에 지금 제정신이 아니다. 그가 말하기를 비룡은월문이 와룡봉추도로 개명(改名)했으며 그곳에 장하문과 운설의 가족들이 모두 돌아와서 살고 있다는 것이다.

운설은 장하문보다 먼저 화운룡에게 달려들 것처럼 다급하게 물었다.

"은비가 살아 있다는 건가요?"

"그래. 빙마마도."

"아아……."

운설은 기뻐서 어쩔 줄 모르고 두 손을 맞잡고 가늘게 몸을 떨면서 눈물을 글썽거렸다.

옥봉이 장하문에게 말해주었다.

"하룡의 어머니와 하녀 심은도 무사히 돌아왔어요."

장하문은 옥봉에게 꾸벅 허리를 굽혔다.

"감사합니다."

옥봉은 연종초를 가리켰다.

"연 매는 중원을 정복하기 위해서 어쩔 수 없이 최소한의 인명을 살상했지만 그 외 무고한 사람들은 아무도 다치게 하지 않았어요."

"그건 저도 잘 알고 있습니다. 백성들이 오히려 천신국 치하의 세상을 더 칭찬하더군요."

옥봉이 화운룡에게 말했다.

"용공께서 하룡에게 선물 하나 주세요."

"무슨 선물?"

"미래 말이에요."

"오… 그렇군."

장하문은 두 사람이 무슨 말을 하는 것인지 알아듣지 못하고 의아한 표정을 지었다.

화운룡은 무형의 해령경력을 일으켜서 장하문의 뇌에 침투

하여 심심상인을 전개했다.

"아……."

털썩!

느닷없이 머릿속이 새하얗게 변한 장하문은 의자에 주저앉으며 탄성을 흘렸다.

그는 바보처럼 입을 벌리고 몽롱한 표정을 지은 채 한동안 가만히 있었다.

그러다가 어느 순간 몸을 후드득 세차게 떨더니 굵은 눈물을 후드득 흘리면서 일어섰다.

"주군……."

화운룡이 심심상인을 해준 덕분에 장하문은 미래의 기억들이 전부 되살아났다.

그가 화운룡을 삼 년 동안이나 뒤따라 다니면서 수하로 거두어달라고 간청했던 일.

이후 화운룡을 주군으로 모시고 무림제패를 도모하여 삼십이 년 만에 성공했던 일.

그리고 평생 독신으로 지내온 장하문이 칠십구 세를 일기로 운명을 달리할 때 칠십사 세의 화운룡이 임종을 지키면서 하염없이 울었던 일 등이 바로 어제의 일인 양 생생하게 기억이 났다.

장하문은 의자에서 빠져나와 화운룡을 향해 천천히, 그리고 깊숙하게 큰절을 올렸다.

"속하 장하문이 주군을 뵈옵니다."

화운룡이 껄껄 웃었다.

"하하하! 언제나 보석은 보석이고!"

장하문은 두 눈에서 눈물을 뚝뚝 흘리며 화운룡을 바라보고 뒷말을 이었다.

"돌은 돌입니다."

아무리 오랜 세월이 지나도 보석은 보석으로 돌은 돌로 남는다는 것은 장하문이 평소에 자주 사용하는 말이다.

장하문이 일어나서 자리에 앉자 화운룡이 궁금한 표정을 지으며 물었다.

"그런데 그때 말이야. 자네 사인(死因)이 뭐였나? 자네 왜 죽은 거였지?"

장하문은 쑥스러운 표정을 지으며 옥봉 등 주모들의 눈치를 살폈다.

"왜 그래? 말해보게."

"나중에 말씀드리겠습니다."

화운룡은 벙긋 웃었다.

"괜찮아. 지금 말해보게."

장하문은 얼굴이 벌게져서 고개를 숙이고는 조그만 목소리로 겨우 말했다.

"축정(畜精) 때문이었습니다."

"축정? 그게 뭔가?"

"그것은……."

장하문은 말을 하지 못하고 고개를 숙이며 전전긍긍했다.

그때 총명한 옥봉은 번쩍 떠오르는 것이 있어서 깜짝 놀라는 표정을 지었다.

＊ ＊ ＊

동시에 옥봉과 똑같은 생각을 한 연종초가 장하문을 보면서 물어보았다.

"오랫동안 사정(射精)을 하지 않았다는 뜻인가요?"

"그… 렇습니다."

화운룡은 의아한 표정으로 연종초와 장하문을 번갈아 쳐다보면서 물었다.

"사정이 뭐야? 뭘 쏘지 않았다는 거지?"

연종초가 얼굴을 살짝 붉히며 일러주었다.

"음수(陰水: 정액)를 쏘아내는 거예요. 서방님."

"아……."

여자와의 정사를 통해서 정액을 방출하지 않았다는 뜻을

알게 된 화운룡은 장하문을 보면서 의아한 표정을 지었다.

"그렇다면 미래에 나도 오랫동안 사정을 하지 않았으니까 축정이었을 것이 아닌가?"

"그렇습니다."

미래에 화운룡은 팔십사 세까지, 장하문은 칠십구 세까지 살면서 혼인을 하지 않았고 여자와 동침하지도 않으면서 홀몸으로 살았었다.

"나도 축정이었을 텐데 어째서 자네보다 오래 산 건가?"

장하문은 씁쓸한 표정을 지었다.

"주군께선 저보다 곱절은 고강하셨잖습니까?"

화운룡은 고개를 끄떡였다.

"그건 그렇군. 하아… 음수가 몸에 축정되면 독보다 무서워진다는 사실을 잊고 있었군."

"그렇습니다."

"하룡 자네가 그것 때문에 칠십구 세에 죽었다니… 왜 진작 말하지 않았나?"

장하문은 씁쓸한 표정을 지었다.

"말씀드리면 뭐 합니까? 축정을 치료할 수도 없을 텐데……."

"그런가?"

축정을 치료하는 방법은 두 가지다.

여자와 동침을 해서 정액을 방출하는 것과 체내에 축정된 정액을 스스로 태워서 없애 버리는 것이다.

그런데 칠십구 세 노인이며 무공이 화운룡만큼 고강하지 않은 장하문으로서는 둘 다 불가능한 일이었다.

더구나 화운룡이 옥봉 한 여자만 짝사랑했던 것처럼 장하문은 백진정을 연모하고 있었으므로 다른 여자와 동침하는 일은 절대로 일어나지 않았을 터이다.

옥봉과 연종초는 부끄러워하는데 어린 항아는 신기하다는 표정을 지었다.

"하다못해 짐승이나 미물조차도 암컷과 수컷이 만나 교미를 하는데 어떻게 인간이 죽을 때까지 한 번도 정사를 하지 않을 수가 있는 건가요?"

운설이 옥봉을 바라보며 공손히 설명했다.

"미래의 주군께선 한평생 주모만 짝사랑하셨습니다."

연종초와 항아는 감탄하는 표정을 지었다.

"이룰 수 없는 사랑이었나요?"

화운룡이 고개를 끄떡였다.

"그래. 미래에는 그랬어."

"그런데도 한평생 큰언니만 사랑하시다니 류 니쨩은 정말 지조가 대단하세요."

"뭘……."

옥봉이 조그만 목소리로 중얼거렸다.

"그럼 뭐 해? 현실에선 바람둥이인걸."

조그만 목소리지만 모두들 똑똑히 들었다.

화운룡은 '어?' 하는 표정을 지었다가 미안한 얼굴로 아무 말도 하지 못하고 가만히 있었다.

옥봉은 그렇게 말해놓고 얼굴이 빨개져서 허둥거렸다.

"아… 죄송해요. 용공… 제가 어쩌자고 그런 말을……."

화운룡은 빙그레 온화한 미소를 지었다.

"괜찮아. 봉애. 바람둥이더러 바람둥이라고 그랬는데 뭘……."

"용공……."

*   *   *

늦은 오후 산서성 오대산 기슭에 위치한 영무현.

관도에 일단의 무리가 대화를 나누면서 영무현 성문을 향해 느릿하게 걸어가고 있다.

그들은 화운룡을 비롯한 세 명의 부인과 야말, 굴락, 그리고 두 명의 하녀인 이시굴과 소노아다.

화운룡 일행은 가루라를 타고 북경을 출발하여 천신국으로 향하다가 이곳 영무현에 들렀다.

어차피 밤이 되면 하룻밤 쉴 곳이 필요한데 이왕이면 친구들이 있는 영무현에서 묵으려는 생각이다.

야말과 굴락이 앞서고 그 뒤를 화운룡과 세 명의 부인, 이시굴과 소노아가 따르고 있다.

뭐가 재미있는지 여자 다섯 명의 웃음소리가 봄 하늘로 쟁쟁거리며 흩어지고 있다.

성문 앞에는 영무현으로 들어가려는 사람들이 검문을 받으려고 길게 줄을 서 있어서 화운룡 일행도 줄 맨 뒤에 섰다.

북경에서 장하문과 운설이 따라오겠다고 조르는 것을 비룡은월문에 가 있으라고 화운룡이 설득해서 보냈다.

화운룡과 세 명의 부인이 천신국 천황파 우두머리들을 죽이러 가는데 장하문과 운설이 아무런 도움이 되지 않는다고 말을 해도 듣지를 않았다.

그래서 그것을 증명하기 위해 옥봉이 직접 나서 두 사람을 한꺼번에 상대하여 불과 이 초식 만에 제압해서야 겨우 인정을 했다.

성문 쪽을 살펴보던 화운룡 입가에 엷은 미소가 번졌다. 성문에서 검문을 하고 있는 천신국 고수들이 모두 아는 얼굴들이기 때문이다.

화운룡이 옥봉을 구하러 천신국에 가는 길에 이곳에 들렀던 것이 벌써 팔 개월 전의 일이며 해가 바뀌었다.

팔 개월 전 화운룡은 이곳에서 한족 고아들을 키우고 있는 천신국 영무지부 휘하의 녹성고수들을 만나서 술을 마시는 과정에, 거리낌 없는 친구가 됐었다.

그들은 천신국에서도 가장 하급인 녹성족의 녹성고수이지만 화운룡에겐 어느 누구하고도 바꾸지 못할 소중한 친구들이 된 것이다.

화운룡이 서 있는 줄의 앞쪽에는 아직도 이십여 명 이상이 서 있어서 오래 기다려야 할 것 같았지만 그를 비롯한 어느 누구도 귀찮거나 지루하게 여기지 않았다.

화운룡 일행은 평범하게 보이려고 애썼지만 어느 누가 보더라도 시선을 떼지 못할 것이 분명하다.

화운룡과 세 명의 부인 때문이다. 화운룡은 인중지룡의 절대미남이고 세 명의 부인은 비교불가의 절세미인들이라서 모두의 시선을 받는 것은 당연한 일이다.

그때 성문 쪽에 있던 녹보 한 명이 목을 빼고 화운룡 일행 쪽을 쳐다보았다.

줄에 서 있는 사람을 비롯하여 오가는 모든 사람들이 화운룡 일행을 보느라 작은 소란이 벌어지고 있기 때문에 무슨 일인가 싶어서 보는 것이다.

녹보는 길게 늘어선 줄을 따라서 몇 걸음 걸어오며 화운룡 일행을 살피다가 한순간 눈을 크게 뜨며 놀랐다.

그러더니 점점 걸음이 빨라져 어느새 가까이 다가온 그는 세 명의 부인들과 대화를 나누고 있는 화운룡을 발견하고는 반가운 외침을 터뜨렸다.

"이게 누구야! 운룡 아닌가!"

화운룡을 비롯한 모든 사람이 그를 쳐다보았다.

화운룡은 자신을 바라보면서 더할 수 없이 반가운 표정을 짓고 있는 녹보 차림의 고수를 보고는 환한 표정으로 다가가며 그보다 더 반갑게 소리쳤다.

"하하하! 흘손!"

두 사람은 누가 먼저랄 것 없이 서로를 힘껏 부둥켜안았다.

두 사람이 너무 반가워하는 광경을 누가 보면 십년지기끼리 오랜만에 만난 줄 알 것이다.

옥봉과 향아, 연종초는 이곳 영무현의 흘손과 효궁 등이 어떤 사람들인지 화운룡에게 설명을 들었기 때문에 흐뭇한 표정으로 바라보았다.

포옹을 푼 흘손이 화운룡의 손을 꼭 잡은 채 반갑기 그지 없는 얼굴로 물었다.

"어딜 가는 길인가?"

"천신국에 가는 길인데 자네들 보려고 잠시 들렀네."

"잘 왔네! 정말 잘 왔어!"

흘손이 동료 네 명과 함께 이 시간대에 이쪽 성문을 지키고 있다는 사실을 화운룡은 잘 알고 있었다.

"이리 오게. 운룡 자넨 줄 설 필요가 없네."

"어… 그런가?"

흘손이 팔을 잡고 성문 쪽으로 끌자 화운룡은 못 이기는 체 따라갔고, 세 명의 부인과 일행이 뒤따랐다.

흘손 동료 두 명이 성문에서 검문을 하고 있으며 흘손을 비롯한 세 명의 녹보들은 화운룡 좌우에 서 있는 옥봉과 항아, 연종초를 보면서 대경실색하느라 아무 말도 하지 못했다.

흘손 등은 이토록 아름다운 미녀를 이날 이때까지 한 번도 본 적이 없었다.

더구나 그런 미녀가 한꺼번에 세 명이 이곳에 나타났으니 정신이 하나도 없다.

흘손 등은 너무 놀라서 세 명의 절세미녀들이 누구냐고 묻는 것조차 잊어버렸다.

화운룡이 흘손 등을 가리켰다.

"인사해라. 내 친구들이다."

옥봉과 항아, 연종초는 날아갈 듯이 우아한 자태를 뽐내면서 인사했다.

"만나서 반가워요."

연종초는 옥봉과 항아하고 다름없이 허리를 굽히며 예쁜 목소리로 노래하듯이 인사를 했다.

천신국의 하늘이며 신인 여황이 천신국에서도 최하위인 일개 녹보에게 허리를 굽혀서 인사를 한다는 것은 언어도단, 말이 안 되는 일이다.

그런데도 연종초는 전혀 개의치 않고 기쁜 마음으로 미소 지으며 인사를 하고 있다.

인사를 하는 대상이 천신국 녹보가 아닌 남편의 친구들이기 때문에 기쁜 마음일 수 있는 것이다.

"아아… 네……."

"어이쿠……!"

세 명의 절세미인이 우아하게 인사를 하자 흘손 등은 소스라치게 놀라서 허둥거렸다.

흘손은 비지땀을 흘리면서 화운룡에게 물었다.

"운룡, 이… 분들은 누구신가?"

화운룡은 조금 겸연쩍은 표정을 지었다.

"아내들일세."

"……."

흘손과 동료들은 무슨 말인지 잘 알아듣지 못했다. 말은 알아들었는데 뜻을 이해하지 못한 것이다.

천하절색의 미녀 세 명 모두가 화운룡의 아내일 리가 없다고 생각했기 때문이다.

화운룡은 이런 상황이 싫다. 별것도 아닌 일로 친구들을 놀라게 만들어야 하기 때문이다.

그렇다고 세 아내를 놔두고 올 수는 없는 일이고, 떼어놓고 싶지도 않았다.

화운룡은 흘손 등을 이해시키기 위해서 다시 한번 설명해야만 했다.

"이 여자들은 내 아내들이야. 이 사람이 첫째 부인이고 이 사람이 둘째, 그리고 이 사람이 셋째 부인이야."

"……"

"……"

흘손 등은 이번에는 정확하게 알아들었다. 그래서 영혼이 빠져나갈 정도로 크게 놀라고 말았다.

저런 절세미인을 한 사람만 아내로 가져도 천하를 얻은 것 같을 텐데 무려 세 사람씩이나 아내로 거느리고 있다니 도대체 그걸 누가 믿겠는가.

영무현 거리가 발칵 뒤집혔다.

천하절색의 미모를 자랑하는 옥봉과 항아, 연종초가 나타났기 때문이다.

성문의 강정(崗亭: 검문소)을 지키는 임무를 맡고 있는 흘손은 강정의 일을 동료들에게 맡기고 자신은 화운룡 일행을 안내하여 현 내로 들어왔다.

화운룡에게 보여주고 싶은 곳이 있기 때문인데 그곳이 하필이면 현 내 한복판에 자리를 잡고 있었다.

흘손이 앞서고 화운룡 일행이 뒤따르는데 현 내의 많은 사람들이 제 할 일을 잊고 무리 지어서 따라오며 화운룡과 세 명의 절세미녀를 보고 연신 탄성을 터뜨리기에 바빴다.

그렇다고 아름다운 사람을 보고 감탄하는 선량한 백성들을 힘으로 쫓을 수도 없는 노릇이라서 화운룡 등은 서둘러 목적지로 향했다.

"여길세."

흘손이 안내한 곳은 현 내에서도 가장 번화한 곳에 위치한 제법 규모가 큼직한 장원이었다.

화운룡은 자신에게 흘손이 보여주고 싶어 하는 것이 무엇인지 예상하고 있다.

팔 개월 전에 천신국 영무지부 지부주인 효궁이 수하들과 함께 자신들의 박봉을 쪼개서 고아 삼십여 명을 거두어 키우고 있었는데, 고생이 이만저만하지 않았으며 그중에서도 가장 큰 고생이 돈고생이었다.

그 사실을 알게 된 화운룡이 영무현에서 제일 큰 주루이며 해룡상단 소유인 오색각 각주에게 효궁과 흘손 등에게 전폭적인 지원을 해주라고 지시를 하고 떠났었다.

즉, 효궁 등에게 고아들을 키울 수 있는 장원과 그들을 키우는데 필요한 숙수. 유모 등을 구해주고 매달 은자 오백 냥씩을 지원하라고 했다.

그래서 짐작하건대 흘손은 그때 화운룡이 떠난 이후 자신들이 고아들을 어떻게 보살피고 있는지를 화운룡에게 보여주고 싶은 것일 게다.

장원 내에는 크고 작은 전각이 열대여섯 채나 되고 아담한 숲과 꽃밭들이 여기저기에 잘 가꾸어져 있었다.

또한 어린 소년과 소녀들이 무리 지어서 해맑게 뛰놀고 있으며 아이들의 얼굴에는 어두운 그늘이 전혀 없었다.

깨끗하고 좋은 옷을 입었고 잘 먹으면서 자랐는지 얼굴에 전혀 궁기가 보이지 않았다.

오색각주는 화운룡의 명령을 잘 이행한 것 같았다.

*   *   *

팔 개월 전에 효궁과 흘손 등이 키우고 있던 영무현의 고아는 삼십여 명이었는데 지금은 무려 백여 명으로 세 배 이상이나 늘었다.

오색각의 전폭적인 지원으로 고아들을 키울 장원을 구하고 매월 은자 오백 냥씩 자금이 풍부해진 효궁과 흘손 등은 고아들을 무제한 받아들였다.

그들이 키우고 있는 고아들이 호의호식한다는 소문이 인근에 파다하게 퍼졌다.

그 소문을 들은 산서성 북부 지방 여러 현에 퍼져 있는 고아들이 하나둘 모여들어 현재의 백여 명을 이루었다.

예전 같았으면 키우고 있는 고아 삼십여 명만으로도 벅차서 어림도 없는 일이었다.

하지만 화운룡이 지원한 이후부터는 모든 것이 풍족해서 고아들을 무제한으로 받아들여도 끄떡없다.

흘손은 장원 뒤쪽의 한적한 곳에 있는 두 채의 별채로 화운룡 일행을 데리고 갔다.

"여긴 우리 숙소일세."

그는 고풍스러운 두 채의 별채 중에 오른쪽의 전각 입구로 들어가면서 말을 이었다.

"우리 숙소는 지부 안에 있으며 이곳하고는 꽤 먼 탓에 여러모로 불편했네. 그래서 아이들하고 같이 생활하는 것이 편리하고 좋을 것 같아서 지부주 이하 우리 모두 이곳을 숙소로 결정했지."

"잘했네."

화운룡 일행이 접객실에서 차를 마시고 있는데 효궁이 헐레벌떡 달려 들어왔다.

"운룡! 정말 자네가 왔군!"

효궁은 화운룡을 보자 까무러칠 것처럼 반가워하면서 달려오며 소리쳤다.

흘손이 성문에서 화운룡을 만나자마자 효궁에게 연락을 해주었던 것이다.

화운룡은 일어나서 효궁에게 마주 걸어갔다.

"효궁!"

"운룡!"

두 사람은 흘손하고도 그랬듯이 서로를 힘껏 부둥켜안고 재회의 기쁨을 만끽했다.

옥봉과 항아, 연종초는 그 광경을 바라보면서 흐뭇한 미소를 지었다.

그녀들은 화운룡이 최측근이 아닌 다른 사람을 만나서 이처럼 반갑고 기뻐하는 모습을 처음 보았다.

하긴 화운룡에게 친구가 있다는 사실을 처음 알게 된 그녀들이므로 신기하기까지 했다.

화운룡을 다시 만난 효궁의 기쁨은 이만저만한 게 아니었다.

"운룡, 자네를 다시 만나게 될 줄은 몰랐네. 정말 기쁘네."

잠시 후에 효궁은 화운룡 뒤쪽에 나란히 늘어서 있는 옥봉과 항아, 연종초를 보고 눈을 휘둥그렇게 뜨며 놀랐다.

물론 두말할 필요도 없이 그녀들의 절세미모 때문이다. 효궁은 태어나서 그녀들처럼 아름다운 여자를 처음 보았다.

효궁의 그런 모습을 보고 흘손은 괜히 신났다. 잠시 후에 절세미인 세 명이 화운룡의 부인이라는 사실을 알고서 크게 놀랄 효궁의 모습을 상상한 것이다. 흘손이 그랬으니까 효궁인들 별수가 없을 터이다.

"운룡, 그런데 이분들은 누구신가?"

과연 예상한 대로 흘러가고 있어서 흘손은 싱글벙글하며 효궁에게 수작을 걸었다.

"효궁, 만약에 자네가 저 여자분들이 누군지 알아맞힌다면 오늘 내가 술을 아주 크게 사겠네."

흘손은 효궁의 수하지만 팔 개월 전에 화운룡과 친구가 되면서 효궁하고도 친구가 되어 사석에서는 친하게 지내고 있는 터였다.

화운룡이 흥미롭다는 표정으로 팔짱을 꼈다.

"흠. 그럼 오늘 밤에는 흘손이 사는 술을 마셔볼까나."

흘손은 '어?' 하는 표정을 짓더니 곧 께름칙한 얼굴로 화운룡을 쳐다보았다.

"어째서 내가 술을 살 거라고 생각하는 건가?"

화운룡은 어깨를 으쓱했다.

"그냥 그런 예감이 드는군."

흘손은 눈을 반개하고 화운룡을 쳐다보았다.

"혹시 운룡 자네가 효군에게 뭔가 암시를 주려고 하는 것은 아니겠지?"

화운룡은 짐짓 엄숙한 표정을 지으며 손을 저었다.

"절대로 그러지 않겠네. 내가 아무 말도 하지 않을 것인데 나하고 이들 세 명의 여자가 무슨 사이인지 누가 짐작이나 할 수 있겠나?"

효궁의 눈이 살짝 빛났다. 화운룡의 방금 그 말이 암시라고 하면 암시일 수 있기 때문이다.

그걸 눈치채지 못한 흘손은 고개를 끄떡였다.

"어쨌든 자네는 아무 말도 하지 말아야 하네."

그런데 원래 장난기 많은 항아가 미소를 짓더니 쪼르르 화운룡 옆으로 다가가는 것을 보고 흘손은 왠지 불길한 예감이 들었다.

아니나 다를까 항아는 화운룡의 팔을 두 팔로 잡고 가슴에 꼭 안고서 몸을 비비며 애교를 부렸다.

"배고파요. 언제 밥 먹으러 가는 거죠?"

효궁이 깜짝 놀라는 표정으로 항아와 화운룡을 번갈아서

처다보았다. 그가 보기에 항아는 마치 부인인 것처럼 행동하고 있었다.

그러자 이번에는 연종초가 다가오더니 화운룡의 다른 쪽 팔을 가슴에 꼭 안고는 보는 사람의 심장이 뚝 떨어질 것 같은 교태를 부렸다.

"서방니~~~ 임, 천첩은 몹시 술이 마시고 싶어요~~."

효궁만이 아니라 흘손과 지켜보고 있는 야말, 굴락, 이시굴. 소노아까지도 크게 놀랐다.

연종초가 누군지 알고 있는 사람들은 그녀가 이처럼 교태를 부리는 것을 처음 보기 때문에 놀랐고, 그녀가 천여황인 줄 모르는 효궁과 흘손은 그녀의 교태에 온몸이 녹아버리는 느낌을 받았기 때문이다.

더구나 효궁과 흘손은 천신국의 동천국 사람이다.

동천국은 고구려 사람들이 모여서 만든 나라이므로 같은 고구려 사람인 연종초가 남편을 호칭하는 '서방님'이나 스스로를 낮추는 호칭인 '천첩'이라고 하는 말을 모를 리가 없다.

불행인지 다행인지 효궁과 흘손은 워낙 하급 무사인 탓에 이날까지 여황을 단 한 번도 본 적이 없어 연종초를 알아보지 못했다.

그렇지만 두 사람은 연종초가 고구려 사람이라는 사실을

처음 알게 되어 크게 놀랐다.

효궁은 방금 전 연종초의 언행으로 그녀가 화운룡의 부인이라는 사실을 확신하게 되었다.

그런 데다가 이번에는 마지막으로 옥봉이 엉덩이를 살랑살랑 좌우로 흔들면서 화운룡에게 다가왔다.

그녀는 원래 청초할 뿐만 아니라 우아하며 순결함의 극치였는데 항아와 연종초가 화운룡에게 온갖 아양과 교태를 부리는 것을 보고 그녀도 모르는 중에 시나브로 배운 것이다.

옥봉이 가까이 다가오자 항아와 연종초가 안고 있는 화운룡의 팔을 놓으면서 공손히 고개를 숙였다.

"큰언니를 뵈어요."

이쯤 되면 넌지시 암시를 주는 것이 아니라 아예 우리 세 여자가 화운룡의 부인이라고 대놓고 가르쳐 주는 것이나 다름이 없다.

옥봉은 화운룡 옆에 다소곳이 서서 콧소리를 냈다.

"오늘 밤에는 우리 넷이 다 함께 자면 어떤가요?"

"……."

좌중에 고요한 침묵이 흐르고 모두들 경악하는 얼굴로 옥봉을 바라보았다.

항아와 연종초는 양쪽에서 옥봉을 보며 '어쩌려고 그래요?'

라는 표정을 지었다.

'큰언니 너무 앞서가셨다……'

'맙소사! 우리끼리 있을 때에도 저런 말씀을 하지 않던 분이 어째서……'

화운룡이 효궁을 보며 어깨를 흔들며 말했다.

"하하하! 효궁, 이 문제는 정말 어려워서 못 맞히겠지? 그렇지 않나?"

효궁은 진땀을 흘렸다.

"아아… 정말 어렵군. 어려워. 내 생전에 이렇게 어려운 난제는 처음일세."

효궁이 어려워하는 것은 세 명의 절세미녀가 어째서 화운룡의 부인들이냐는 사실을 이해하는 것이었다.

효궁은 끝내 세 여자가 화운룡의 부인들이라는 정답을 맞히지 못했기에 결국 술은 화운룡이 사기로 했다. 효궁은 홀손의 주머니 사정을 알고 있기에 봐준 것이다.

화운룡 일행은 효궁, 홀손 일행과 함께 영무현에서 가장 좋은 주루인 오색각으로 갔다.

화운룡이 자리를 잡고 앉은 다음에야 오색각주가 헐레벌떡 구르듯이 달려왔다.

"아아… 미리 기별을 하셨으면 영접을 했을 터인데 어째서 그냥 오셨습니까?"

각주는 들어오자마자 화운룡이 말릴 새도 없이 털썩 바닥에 부복했다.

효궁과 흘손 등은 팔 개월 전에도 오색각주가 화운룡에게 설설 기면서 극도로 공손했던 것을 기억하고 있다.

그런데 지금은 오색각주가 팔 개월 전보다 더한 행동 즉, 황제를 대하는 듯이 화운룡에게 굴신(屈身)의 태도를 보이자 적잖은 의구심이 생겼다.

그래서 효궁 등이 생각하기에 화운룡은 오색각의 윗선인 해운상단에서도 매우 높은 신분일 것이라고 짐작했다.

그렇기에 화운룡은 팔 개월 전에 오색각주에게 그런 명령들을 거침없이 내릴 수 있었던 것이다.

화운룡은 자신이 어떤 조치를 취하기도 전에 오색각주가 달려 들어와서 엎어지며 부복하는 바람이 분위기가 이상해져서 씁쓸한 미소를 지었다.

"일어나시오."

노련한 오색각주는 화운룡의 불편한 마음을 간파하고 즉시 일어나서 공손한 자세로 시립했다.

"어인 일이십니까?"

"천신국에 가는 길에 이 친구들을 만나려고 들렀소."

"아… 네."

오색각주는 효궁과 흘손을 비롯한 동료들을 둘러보며 조심스럽게 고개를 끄떡였다.

그는 화운룡이 효궁 등을 만나려고 일부러 이곳까지 왔다는 사실에 매우 놀라워했다.

하지만 그것을 보고 앞으로는 효궁 등에게 더욱 잘해야겠다는 다짐을 새롭게 했다.

"내 지시를 잘 따라줘서 고맙소."

화운룡이 치하를 하자 오색각주는 펄쩍 뛰었다.

"아이고… 천부당만부당하신 말씀입니다. 저는 단지 총단주의 명령에 따랐을 뿐입니다."

결국 오색각주는 말실수를 하고 말았다. 당황한 중에 화운룡을 '총단주'라고 지칭한 것이다.

오색각주는 자신이 말실수했다는 사실을 즉시 깨달았으나 이미 엎질러진 물이라서 당황하여 어쩔 줄 몰랐다.

"아아… 이거……."

화운룡은 고개를 끄떡이며 미소 지었다.

"각주는 그만 나가보시오."

오색각주는 황송한 표정으로 뒷걸음 쳐서 나갔다.

화운룡은 효궁과 흘손을 비롯한 여섯 명의 친구들이 복잡한 표정을 지으며 자신을 주시하고 있는 것을 보고는 이 일을 그냥 넘어갈 수 없다고 생각했다.

화운룡은 엷은 미소를 지었다.

"사실 나는 오색각이 속해 있는 상단의 총단주일세."

"아아……!"

효궁과 흘손 등은 그럴 줄 알았다면서 고개를 끄떡이며 크게 놀라는 표정을 지었다.

효궁이 진중한 표정으로 말했다.

"전에 자네는 오색각이 해운상단 휘하에 있다고 말한 것으로 기억하네만."

효궁은 기억력이 좋은 편이다. 그렇지만 그는 해운상단이라는 이름을 들어본 적이 없었다.

화운룡은 그것 역시 바로잡아야겠다고 생각했다. 해운상단은 큰누나 화문영이 강소성 남경 춘예대로에 눈속임으로 만든 유령 같은 소상단일 뿐이다.

"해운상단은 눈속임을 위한 가짜 이름일세. 사실은 해룡상단이라네."

"……"

효궁과 흘손 등은 너무 경악하는 바람에 앉은 자리에서 우르르 일어나 화운룡을 멍하니 바라보았다.

혜룡상단은 대륙상단을 흡수하여 명실공히 천하제일상단이 된 어마어마한 조직이다.

해룡상단이라는 이름은 변방의 코흘리개조차도 다 알고 있다. 해룡상단의 상권이 변방 구석구석까지 실핏줄처럼 뻗어 있기 때문이다.

경악하는 효궁과 흘손 등을 보며 화운룡이 빙그레 미소를 지으며 설명했다.

"자네들에게는 거짓말하고 싶지 않네."

효궁과 흘손 등은 화운룡이 자신들을 진정한 친구로 인정한다는 뜻으로 받아들였다.

"아아… 운룡 자넨 정말 굉장한 사람이로군."

한참 만에야 효궁이 신음 소리처럼 탄성을 흘렸다.

그러면서도 효궁을 비롯한 모두들 여전히 믿어지지 않는다는 표정을 짓고 있었다.

화운룡 일행은 인원수가 많은 탓에 커다란 둥근 탁자를 가져오게 해서 거기에 둘러앉았다.

화운룡과 세 명의 부인, 그리고 연종초 옆에 이시굴과 소노아, 야말, 굴락이 앉았다.

그러다 보니까 화운룡 맞은편에 효궁과 흘손을 비롯한 여섯 명이 앉게 되었다.

야말과 굴락이 감히 여황인 연종초와 같은 탁자에 앉을 수 없다는 것을 화운룡이 달래서 겨우 앉혔다.

물론 야말과 굴락은 여황 폐하와 동석하지 못하겠노라고

눈에 띄게 행동한 것이 아니다.

　두 사람이 자리에 앉지 않으려는 것을 눈치챈 화운룡이 약
간의 엄포와 설득을 하여 앉도록 만든 것이다.

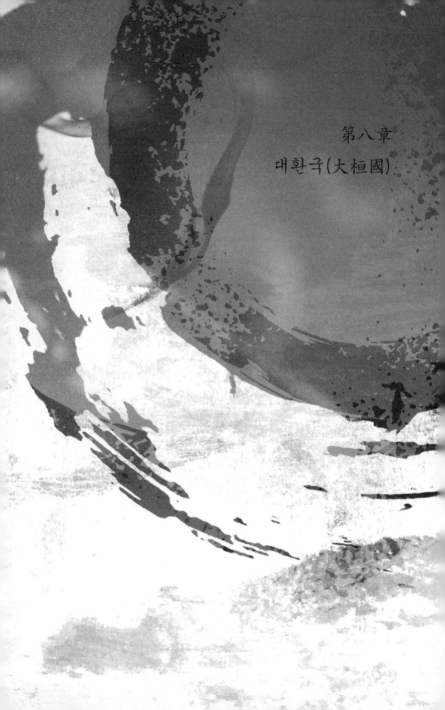

第八章

대환국(大桓國)

　어느덧 야말과 굴락의 인내심은 한계에 도달해서 폭발하기
직전의 상태가 되었다.

　두 사람의 시선은 효궁과 흘손을 비롯한 여섯 명에게 쏘는
듯이 고정되었다.

　효궁 등이 연종초에게 지나칠 정도로 불손한 언행을 하고
있기 때문이었다.

　사실 효궁 등은 옥봉과 항아, 연종초 모두를 '제수씨'라고
부르면서 매우 친근하게 대하고 있는 중이다.

　야말과 굴락으로서는 효궁 등이 옥봉과 항아에게는 무슨

말을 하든지 상관이 없다.

옥봉과 항아는 화운룡의 부인일 뿐이지 야말과 굴락하고는 아무런 연관이 없기 때문이다.

그렇지만 효궁 등이 천신국 여황인 연종초에게까지 연신 '제수씨' 운운하면서 술을 따르라 하거나 술을 따라주며 우스갯소리를 하는 것을 야말과 굴락은 더 이상 봐주기 어려운 지경에 도달한 것이다.

효궁을 비롯한 여섯 명은 천신국의 많은 등급 중에서도 최하급인 녹성족이다.

효궁은 삼녹성 최상위인 녹정이며 흘손과 네 명은 최하위 녹일성인 녹보들이다.

여황 가까이 근접하는 것은 물론이고 감히 쳐다봐서도 안 되는 신분인 녹성족들이 지금 여황을 능멸하고 있으니 야말과 굴락의 마음이 편할 리가 없다.

하지만 화운룡과 연종초는 분위기가 너무 좋아서 야말과 굴락이 어떤 심정인지 조금도 신경을 쓰고 있지 않았다.

속이 부글부글 끓던 야말이 마침내 벌떡 일어나더니 화운룡과 연종초를 향해 꾸벅 허리를 굽혔다.

"잠시 결례를 하겠습니다."

화운룡과 세 여자가 야말을 쳐다보는데 그는 서슬이 퍼런 얼굴로 효궁을 가리키며 대뜸 호통을 쳤다.

"네 이놈들!"

때마침 효궁은 연종초에게 빈 술잔을 내밀면서 제수씨 술한 잔 따르라고 웃으면서 말하고 연종초는 술병을 내밀어 술을 따르려고 하는 중이었다.

효궁은 빈 술잔을 내민 채 어리둥절한 표정으로 야말을 쳐다보았다.

"왜 그러시오?"

연종초는 야말이 왜 그러는 줄 짐작하고 그가 산통을 깰까봐 급히 그를 불렀다.

"야말, 그만두고 앉아라."

'여황 폐하!'

야말이 허리를 굽히면서 비통하게 부르짖는데 어찌 된 일인지 목소리가 나오지 않았다. 연종초가 어느새 야말의 아혈을 제압한 것이다.

그가 허리를 펴면서 의아한 표정을 짓는데 연종초의 이어전성이 그의 고막을 잔잔하게 울렸다.

[나는 저들이 내 신분을 모르기를 원한다. 이 자리에서 나는 단지 서방님의 아내이고 싶다. 그것이 내 행복이다. 나는 너와 굴락조차도 격의 없이 대하고 있다는 사실을 너는 정녕 모르는 것이냐?]

야말은 이번에 여황을 만난 이후 그녀가 자신들을 한 번도 수하로 대한 적이 없다는 사실을 생각해 내고는 한 가지 사실을 깨달았다.

화운룡 옆에서의 그녀는 천신국의 여황이 아닌 단지 그의 아내이고 싶은 것이다.

그리고 보니까 야말과 굴락은 여황을 만난 이후 줄곧 그녀와 같은 자리에 앉아서 식사를 하거나 술을 마셨다.

여황은 효궁 등에게만 인간적인 것이 아니라 야말과 굴락, 그리고 이시굴과 소노아에게까지도 화운룡의 아내로서 자상하게 행동했던 것이다.

연종초의 전음이 이어졌다.

[너는 서방님께서 친구들을 잃기를 원하느냐?]

야말은 가슴이 철렁했다. 화운룡이 효궁과 흘손 등을 저토록 좋아하고 있는데 만약 야말이 연종초의 신분을 밝히게 되면 효궁과 흘손 등은 다시는 화운룡을 친구처럼 대하지 못할 것이다.

그러기는커녕 대죄를 저질렀으므로 스스로 자결하겠다고 날뛸 것이 분명하다.

야말은 자신이 큰 실수를 했음을 물론이고 한 가지 사실을 더 깨달았다.

지금 이런 잘못을 저지른 자신을 여황이 일장에 쳐 죽이지 않고 말로 잘 설득하고 있다는 사실이다.

야말의 행동은 일장에 쳐 죽이는 것으로도 모자라서 능지 처참을 해도 모자란 중죄다.

그것은 여황이 크게 변했다는 사실을 단적으로 증명하고 있는 것이다.

그녀는 예전의 피도 눈물도 없는 냉혹한 여황이 아니라 천 하에서 가장 훌륭한 사내의 부인인 연종초가 되었다. 따뜻한 인간 연종초 말이다.

야말은 중인들이 뜨악한 표정을 지으며 자신을 주시하고 있는 이 상황을 어떻게 해서든 해결해야만 한다고 생각했다.

그는 여전히 어색한 표정으로 자신을 쳐다보고 있는 효궁 등을 향해 정중하게 고개를 숙였다.

"제가 여러분들에게 술을 따르겠습니다."

그런데 효궁이 그냥 넘어가지 않았다.

"조금 전에 어째서 호통을 쳤던 것이오?"

야말은 생각했던 바가 있어서 한 가지 모험을 단행하기로 마음먹었다.

그는 자신과 굴락을 가리키며 엄숙하게 말했다.

"사실 나와 이 친구는 천신국 남천국 사람이오."

"아……."

"어어……."

효궁과 흘손을 비롯한 여섯 명은 적잖이 놀라서 눈을 커다랗게 뜨고 야말과 굴락을 쳐다보았다.

야말의 조용한 목소리가 실내를 잔잔하게 울렸다.

"우리는 일전에 화운룡 공자께 큰 은혜를 입었던 탓에 그를 주인으로 모시고 따르게 된 것이지만 여전히 천신국 남천국 사람임에는 변함이 없소."

야말은 연종초의 신분을 밝히지 않는 대신 자신과 굴락의 신분을 밝혀서 좌중의 예의를 차리게 하려는 의도다.

야말은 남천국 금투총령사이고 굴락은 금투정수라는 신분이다. 천신국 최고 신분은 초, 절, 존 신조삼위이고 그 아래로 색성칠위 일곱 개 등급이 있는데 금성족이 색성칠위의 최고등급이다.

야말과 굴락은 금성족이면서도 그중에 최고위인 금투정수이다. 그뿐인가. 야말은 남천국에 다섯 명뿐인 금투정수 최고 사령관 금투총령사다. 그 지위는 곧 색성칠위의 최고위라는 뜻이다.

야말은 자신과 굴락의 신분을 밝혀서 색성칠위의 최하급인 녹성족 여섯 명의 기강을 바로잡을 생각이다.

야말이 허리와 어깨를 쭉 펴면서 마침내 자신과 굴락의 신분을 밝혔다.

"나는 남천국 금투총령사이고 이 사람은 금투정수요."

"오오……."

"아… 그런 줄 몰랐소."

효궁과 흘손 등은 크게 놀라서 탄성을 터뜨렸다.

야말과 굴락은 회심의 미소를 지었다. 이제부터는 자신과 굴락이 저 버릇없는 녹성족들을 마음대로 휘두를 수가 있기 때문이다.

그때 흘손이 빈 잔을 내밀고 야말에게 의아한 표정을 지으며 물었다.

"그런데 술은 언제 따르는 것이오?"

야말은 미간을 좁히고 은은히 꾸짖었다.

"내가 금투총령사라고 말했을 텐데?"

"그게 뭐 어쨌다는 것이오?"

"감히 녹성족 따위가 금투총령사 면전에서 너무 방자하지 않은가?"

그러자 효궁과 흘손 등이 '와아!' 하고 커다란 웃음을 터뜨리는 바람에 야말과 굴락은 어리둥절한 표정을 지었다.

야말이 두 손을 허리에 얹고 효궁 등을 꾸짖었다.

"왜 웃는 것인가? 내 말이 말 같지 않은가!"

그러나 효궁과 흘손 등이 눈 하나 까딱하지 않는 모습을 보면서 야말은 왠지 불길한 생각이 들었다.

흘손이 빙그레 미소 지으면서 맞은편의 화운룡에게 넌지시 물었다.

"운룡 자네, 나하고 어떤 관계인가?"

"그야 친구지."

흘손이 이번에는 야말에게 물었다.

"당신은 운룡과 어떤 관계요?"

"그분은 나의 주인이시다."

흘손은 고개를 끄떡였다.

"당신의 주인인 운룡과 우리는 친구인데 당신이 금투총령 사라고 해서 우리가 굴신을 해야겠소?"

"……"

야말은 움찔 놀라서 할 말을 잃고 눈만 껌뻑거릴 뿐이다.

흘손을 껄껄 웃었다.

"하하하! 그나저나 도대체 술은 따를 거요, 말 거요?"

야말은 화들짝 놀라서 급히 두 손으로 술을 따랐다.

"아… 네. 따릅니다. 따른다고요."

술자리가 거의 파해갈 무렵에 연종초는 한 가지 사실을 알게 되었다.

효궁과 흘손을 비롯한 여섯 명은 모두 동천국 출신인데 집을 떠나 너무 오랫동안 객지 생활을 하고 있는 탓에 가족을 너무도 그리워한다는 사실이다.

그런 느낌은 연종초만이 아니라 화운룡과 옥봉, 항아 등 모두가 공감했다.

술이 취하자 천신국 고향에 두고 온 가족이 그립다면서 눈물을 보이는 사람도 있었다.

굴락이 효궁과 흘손 등에게 말했다.

"당신들이 살던 곳이 동천국 어디며 가족은 누가 있는지 적어서 내게 주시오."

"왜 그러시오?"

"그것은 뭐 하려는 게요?"

효궁과 흘손 등이 의아해서 물었다.

굴락은 연종초에게 효궁 등의 가족 사항에 대해서 알아내라고 미리 전음을 받았다.

"우리가 천신국에 도착하면 당신들의 가족들에게 소식을 전해주겠소."

"오오… 그게 정말이오?"

효궁과 흘손 등은 갑자기 우르르 일어나서 지필묵을 준비하고 가족에게 보낼 서찰을 쓰느라 분주했다.

"종초야."

"네, 서방님."

술이 거나하게 취한 화운룡의 부름에 연종초는 공손히 대답하면서 그의 품으로 파고들었다.

커다란 침상에 옥봉과 항아는 이미 잠들었으며 화운룡과 연종초만 잠들지 않았다.

"효궁과 흘손들 말이다."

화운룡의 어깨를 베고 그의 몸 쪽으로 누운 연종초는 손으로 그의 가슴을 쓰다듬었다.

"천첩에게 생각이 있어요."

"그래?"

"가족들을 찾아내서 이곳으로 보낼 생각이에요. 여기에서 가족들과 함께 살도록 하는 거죠."

화운룡은 흐뭇하게 미소 지었다.

"나는 거기까지 생각하지 못했는데 네 말을 듣고 보니까 실로 최상이다."

"서방님께선 무엇을 생각하셨나요?"

"효궁 등을 고향으로 휴가를 보내는 것이었다."

"그럼 그럴까요?"

연종초는 누가 가르쳐 주지도 않았는데 코 먹은 목소리로 교태를 부렸다.

"아니다. 가족들을 불러와서 함께 살도록 해주는 것이 백 배 이상 좋은 일이다. 기특하구나, 우리 종초."

연종초는 화운룡의 귀에 입김을 토했다.

"그럼 상 주세요."

"오냐. 주마."

화운룡은 연종초를 잡아 자신의 몸 위로 끌어 올렸다.

"아아… 행복해요……."

연종초는 행복감으로 가늘게 몸을 떨었다.

그때 자는 줄 알았던 옥봉과 항아가 꿈틀거리면서 화운룡의 양쪽으로 기어왔다.

"흐응… 저희들도 행복하게 해주세요……."

       *   *   *

겉으로 보는 천신국은 변한 게 없는 것 같았다.

화운룡 일행은 자정이 훨씬 넘은 깊은 밤에 동천국의 도읍인 오란오달(烏蘭烏達: 울란우데) 외곽에 가루라를 내리고 성안으로 잠입했다.

화운룡이 동천국을 첫 번째로 찾은 이유는 그에게 전폭적인 도움을 줄 해룡상단 휘하 오해란룡방(烏海蘭龍幫)과 동절내신군이 울란우데에 있기 때문이다.

자정이 훨씬 지난 오란오달 성내의 거리에는 오가는 사람이 한 명도 보이지 않았다.

       *   *   *

자정이 넘은 시각인데도 동천국에서 단 한 군데 오해란룡방 만은 불야성을 이루고 있었다.

아니, 오해란룡방 전체가 아니라 그 안에 있는 세 개의 기루가 아직 영업을 하고 있기에 풍악 소리와 손님들 웃음소리로 시끌시끌했다.

오해란룡방은 얼마나 거대한지 보통 사람의 눈으로는 끝에서 끝이 보이지 않을 정도다.

바깥에서 보면 오륙 층짜리 전각과 누각들이 즐비해서 그 규모가 마치 작은 자금성 같다.

거대하다고 하지만 전문은 양쪽으로 활짝 열려 있으며 쉴 새 없이 사람들이 출입했다.

원래 오해란룡방 안에는 주루와 기루가 각 세 개씩 여섯 개가 들어 있으며, 도박장과 전장을 비롯한 삼십여 종류의 점포들이 영업을 하고 있다.

말하자면 오해란룡방은 사람들이 이용하는 거의 모든 점포들이 영업을 하고 있는 복합 점포인 셈이다.

오해란룡방의 강변 쪽 경치가 좋은 곳에는 주루와 기루들이 자리를 잡았으며 가장 외진 상류 쪽 구석에 또 하나의 장원이 있는데, 이곳이 오해란룡방에 소속된 오백여 식솔들이 지내고 있는 거처이다.

화운룡 일행 여덟 명은 오해란룡방 전문을 지나서 뒤쪽의 장원으로 향했다.

늦은 시각이지만 오해란룡방의 기루와 주루가 있는 곳 근처에는 아직도 사람들이 왕래하는 모습이 보였다.

장원의 전문은 열려 있지만 두 명의 무사가 양쪽에서 지키고 있다가 낯선 화운룡 일행을 제지했다.

"무슨 일입니까?"

"방주를 만나러 왔어요."

"실례지만 누구십니까?"

"우린 총단에서 왔어요."

무사의 물음에 옥봉이 나직하면서도 또렷하게 대답했다.

"아! 저를 따라오십시오."

무사는 화운룡 일행을 고동동에게 안내해 주었다.

방주를 찾아온 사람이 외부인일 경우에는 일단 고동동에게 안내되는 것이 순서다.

어느 전각 앞에 도착한 무사가 먼저 대전 안에 대고 말했다.

"총단에서 손님이 오셨습니다."

잠시 후에 귀에 익은 여자 목소리가 흘러나왔다.

"이 밤중에 말이냐?"

그러더니 곧 고동동이 모습을 나타냈다.

그녀는 대전 밖에 서 있는 사람들을 둘러보다가 화운룡을 발견하고는 소스라치게 놀랐다.

"아앗!"

화운룡은 빙그레 미소 지었다.

"잘 있었느냐?"

"주, 주군……!"

고동동은 그 자리에 납작하게 부복하면서 몸을 바르르 격렬하게 떨었다.

화운룡 일행은 안내했던 무사는 깜짝 놀랐다가 뒤늦게야 그가 누군지 깨닫고 돌멩이에 맞은 개구리처럼 펄쩍 뛰었다가 급히 부복했다.

스으으…….

그때 고동동과 무사의 몸이 저절로 일으켜지더니 똑바로 세워졌다.

화운룡이 접인신공을 발휘하여 부복한 두 사람을 일으켜 준 것이다.

화운룡은 고동동에게 부드럽게 물었다.

"애신은 어디에 있느냐?"

"안으로 드세요."

오해란룡방의 방주인 부애신의 집사인 고동동은 공손히 안쪽을 가리켰다.

부애신은 넉 달 전보다 많이 수척한 모습이다.

"연락도 없이 어쩐 일이십니까?"

그녀는 반가움을 억누르며 공손히 물었다.

화운룡은 그녀에게 무슨 일이 있었음을 직감했다.

"무슨 일이 있느냐?"

그것은 부애신 개인 사정일 수도 있고 오해란룡방에 대한 일일 수도 있다.

부애신은 착잡한 표정을 지었다.

"난관에 봉착했어요."

천황파가 천신국을 장악했으므로 이곳의 상황이 변할 수 있을 것이라고 예상했었다.

"말해라."

"크게 두 가지입니다."

두어 달 전에 갑자기 동천국의 관리가 오해란룡방에 찾아와서 날벼락 같은 통보를 했다.

앞으로는 여태까지 고정적으로 내던 세금보다 다섯 배 더 높여서 세금을 징수하겠다는 것이다.

만약 다섯 배의 세금을 낸다면 오해란룡방은 이곳에서의

사업을 접고 철수할 수밖에 없다.

장사라는 것은 이문이 남아야 하는 것인데 그러지 못한다면 접을 수밖에 없는 것이다.

또 한 가지 일은 오해란룡방에서 구한 중원 사람이 현재 사백여 명쯤 되는데 갑자기 국경의 경계가 극심해져서 그들을 중원으로 보내지 못하고 있다는 것이다.

"구한 사람이 사백 명이나 되느냐?"

넉 달 전에 화운룡이 이곳에 왔을 때 부애신은 납치된 비룡은월문 사람 백이십칠 명을 구했다고 말했었다.

"주군께서 사람을 구하는데 돈을 아끼지 말라고 말씀하셔서 그때부터 신분이나 소속을 가리지 않고 중원 사람이라면 무조건 닥치는 대로 구했어요."

"잘했다."

"그런데 오십여 명까지 중원으로 보내고는 그 이후 더 이상 보내지 못하고 있는 실정이에요."

부애신의 설명에 의하면 천신국에서 중원 사람을 구하는 데에도 돈과 인력이 많이 필요하지만 구한 사람들을 중원으로 보내는 데에도 그렇다는 것이다.

중원이 너무도 멀고 험한 길이기 때문에 구한 사람들을 무작정 중원으로 가라고 등을 떠미는 일은 가다가 죽으라는 것이나 다름이 없는 무책임한 일이다.

더구나 중원과 천신국 사이에는 거대한 사막지대와 산악지대가 겹겹이 가로막고 있어서 길에 능한 사람을 길잡이로 고용해야만 한다.

또한 한 번에 열 명 미만의 인원만 중원으로 이동할 수 있기 때문에 오해란룡방에 있는 사백 명을 이동시키려면 무려 사십 번이나 오락가락해야만 한다.

그런데 그렇게 해서라도 그 일을 할 수만 있다면 좋은데, 두어 달 전부터는 그 일마저도 할 수가 없게 됐다는 것이다.

화운룡은 미간을 찌푸렸다.

"사람들을 어디까지 이동시키는 것이냐?"

"감숙성(甘肅省) 영창현(永昌縣)까지 삼천여 리 거리입니다. 영창현의 본 상단 지부까지 보내면 됩니다."

화운룡은 야말을 돌아보았다.

"할 수 있겠느냐?"

야말과 굴락은 공손히 허리를 굽혔다.

"할 수 있습니다."

부애신은 화운룡이 무슨 말을 하고 있는지 모르지만 잠자코 있었다.

"한 번에 몇 명까지 가능하냐?"

"오십 명입니다."

화운룡은 부애신에게 말했다.

"애신아, 한 번에 오십 명씩 영창현으로 사람을 나를 테니까 준비시켜라."

부애신은 애매한 표정을 지었다.

"주군, 무슨 방법으로 한 번에 오십 명씩이나 이동시킬 수 있는 건가요?"

그녀가 아는 한 그런 방법은 전무했다.

화운룡은 빙그레 미소 지었다.

"가루라라고 아느냐?"

"가루라… 그것이 무엇인가요?"

"새다."

"새요?"

"전설상의 가루라다."

부애신은 눈을 깜빡거리며 생각하다가 한순간 크게 놀라며 눈을 커다랗게 떴다.

"아… 가루라……!"

화운룡은 천황파 우두머리들을 죽이는 일이 중요하지만 오해란룡방에 갇혀 있는 사백여 명의 중원 사람들을 탈출시키는 일 또한 중요하다고 판단했다.

부애신은 크게 놀라고 기뻐하며 물었다.

"그것이 어디에 있습니까?"

"여기에서 오십여 리 밖 사막에 있다."

부애신은 반색했다.

"그럼 거기까지만 사람들을 데리고 가면 되겠군요."

화운룡은 야말을 쳐다보았다.

"어떻게 해야겠느냐?"

야말은 생각할 것도 없다는 듯 공손히 대답했다.

"가루라를 이곳으로 직접 갖고 오겠습니다."

화운룡은 고개를 끄떡였다.

"그렇게 해라."

야말이 부애신에게 정중하게 물었다.

"이 근처에 공터가 있습니까?"

"이곳 장원 내에 있어요."

"가르쳐 주면 그곳에 가루라를 내리도록 하겠습니다."

부애신이 고동동에게 지시했다.

"나가서 가르쳐 주세요."

야말과 굴락은 화운룡과 연종초에게 공손히 절을 하고 나서 고동동을 따라 나갔다.

화운룡 일행과 부애신은 탁자에 둘러앉았다.

"어쩌면 좋을까요?"

"네 생각은 어떠냐?"

부애신의 물음에 화운룡이 되물었다.

"이 상황은 오해란룡방만이 아니라 천신국에 진출해 있는 모든 상단이 처한 일이에요."

화운룡이 고개를 끄떡이자 부애신이 말을 이었다.

"천신국에서의 장사는 이득이 많지만 세금을 다섯 배나 더 내라고 하면 이제 그만 천신국에서 손을 떼고 물러날 수밖에 없어요."

부애신의 표정이 심각해졌다.

"하지만 우리가 철수하지 못하는 가장 큰 이유는 우리가 철수하면 이곳에 끌려와 있는 중원 사람들을 더 이상 구하지 못한다는 사실이에요."

"그렇구나."

화운룡은 생각난 듯이 물었다.

"부 형은 어찌 되었느냐?"

부애신은 쓸쓸한 표정을 지었다.

"큰오빠 가족은 아직 여기에 있어요."

화운룡은 미간을 좁혔다.

"부 형은 어째서 중원으로 가지 않았느냐?"

"큰오빠는 고집쟁이예요. 다른 사람들을 먼저 보내고 자신들은 맨 나중에 가겠다는 거예요."

화운룡은 빙그레 미소 지었다.

"과연 부 형다운 행동이다."

그는 손을 들며 단호하게 말했다.

"이번에는 부 형 가족을 제일착으로 보내라."

부애신은 기쁘면서도 우려의 표정을 지었다.

"큰오빠가 말을 들을까요?"

화운룡은 느긋했다.

"내 명령이라고 하면 들을 것이다."

부애신이 충격적인 말을 했다.

동절내신군 도호반이 실각(失脚) 즉, 동절내신군 지위에서 해직되었다는 것이다.

부애신은 그 이유를 모르지만 화운룡은 짐작할 수 있을 것 같았다.

천황파가 천신국을 완벽하게 장악하는 과정에서 여황파라고 짐작되는 자들을 쳐낸 것이다.

"그럼 누가 동절내신군이 되었느냐?"

"절번(絶幡)의 다른 인물인데 정확한 것은 모르겠어요."

"사라달은 어찌 되었느냐?"

"그가 누군가요?"

"동절내신군의 심복이며 동천내절대공전(東天內絶大公殿)의 총관인데 존동일왕이다."

부애신은 고개를 갸웃거렸다.

"그가 누군지는 모르겠지만 숙청당한 사람은 동절내신군 한 명인 것으로 알고 있어요."

"아아……."
"하아아……."
옥봉과 항아, 연종초는 침상 위에 땀범벅이 되어 눕거나 엎드려 있었다.

그녀들은 조금 전에 격렬한 행위를 통해서 화운룡에게 자신들의 공력을 모조리 전해주었다.

축시(丑時: 새벽 2시경) 즈음의 동천내절대공전은 무거운 어둠에 잠겨 있다.

그런 중 거대한 규모의 동천내절대공전 어느 전각 모퉁이에 검은 그림자 같은 것이 나타났다.

화운룡이다. 그는 가만히 서서 전각 안의 기척을 살폈다.

이곳은 예전에 총관 사라달의 거처였다.

만약 사라달이 무사하다면 그를 제일 먼저 만나봐야 한다.

별다른 기척을 감지하지 못한 화운룡은 전각의 벽을 향해 걸음을 옮겼다.

스으으…….

그의 모습이 사라지는가 싶더니 그대로 벽 속으로 흡수되어 버렸다.

*　　　　　*　　　　　*

축시가 넘은 시각인데도 사라달은 잠자리에 들지 않고 탁자 앞에 앉아서 술잔을 기울이고 있었다.

그는 초저녁부터 이 자리에 앉아 있었지만 지금까지 술 한 병을 다 마시지 않았다.

골똘하게 깊은 생각에 잠겨 있느라 한 시진에 한 잔쯤 마시고 있기 때문이다.

"……."

그때 사라달은 탁자 맞은편에 검은 인영 하나가 나타나더니 자연스럽게 의자에 앉는 것을 발견하고 흠칫하는 것과 동시에 공격 태세를 취했다.

의자에서 반쯤 일어나며 일장을 발출하려던 사라달은 맞은편에 앉은 사람이 누구라는 것을 확인하고는 눈을 커다랗게 부릅떴다.

"저… 전하이십니까?"

맞은편의 검은 인영 화운룡은 가볍게 고개를 끄떡였다.

"오랜만이다, 사라달."

사라달은 감격 어린 표정을 지으며 어쩔 줄 몰랐다.

"아아… 전하께서 오시다니……."

그러다가 그는 가볍게 움찔하더니 목을 움츠리고 주위를 경계하면서 전음을 보냈다.

[아무 말씀도 하지 마십시오. 감시당하고 있습니다.]

그는 반가움에 자신도 모르게 육성으로 말했다가 뒤늦게 그 사실을 깨달았지만 이미 늦었다. 감시자가 그의 말을 들었을 것이다.

그가 당황하고 있는데 화운룡이 조용히 육성으로 말했다.

"무형막을 쳐놨으니까 말해도 괜찮다."

"아……."

사라달은 보이지 않는 무형막이 진짜 쳐져 있는지 무의미한 시선으로 한 번 둘러보았다.

"도호반은 어디에 있느냐?"

화운룡이 대뜸 묻자 사라달은 착잡한 표정을 지었다.

"신군께선 실각하셨습니다."

"알고 있다."

"그것을 어떻게……."

화운룡은 정색을 하고 물었다.

"천신국을 누가 장악했느냐?"

"좌호법입니다."

"연조음 말이냐?"

"그렇습니다."

천신국 반역 세력의 실체에 대해서는 극소수만 알고 있으며 그나마 천황이 좌호법 연조음이라고 알고 있는 형편이다.

사라달이 궁금한 듯 물었다.

"신군께서 보낸 서찰을 받아보셨습니까?"

화운룡은 고개를 끄떡였다.

"읽었다."

도호반과 사라달이 알아낸 정보들을 적은 서찰을 오해란룡 방에 전달했으며 그곳에서 화운룡에게 전서구를 보냈었다.

그 서찰에는 천황파와 천신국에 대한 여러 정보들이 적혀 있었으며, 그중에서도 중요한 것은 천황파가 천신국을 완전히 장악했다는 것과 오천 명의 흑천성군과 삼만 명의 강령혈대 가 은밀하게 존재하고 있다는 사실이었다.

그러나 화운룡이 봤을 때 그보다 더 중요한 일은 천황파의 윗대가리들을 죽이는 것이다.

독사의 머리를 짓이겨 버리면 몸통은 아무 쓸모가 없듯이 천황파도 마찬가지라는 생각이다.

좌호법이자 연종초의 둘째 언니인 연조음이 반역을 꾀한 것 이라면 그녀와 그녀의 추종자들을 처단하면 된다.

조사해서 연조음 뒤에 큰언니 연분홍이나 모친 연파란이 있다면 그녀들까지 죽여 버리면 모든 일은 깨끗하게 종결되는 것이다.

물론 그 일이 절대로 쉽지는 않을 터이다. 연조음만 있다면 수월할 수도 있겠지만 배후에 연분홍과 연파란이 버티고 있다면 일이 두 배로 어려워진다.

화운룡이 나직한 목소리로 물었다.

"연조음의 수족들에 대해서 알아보았느냐?"

그는 도호반과 사라달에게 연조음의 수족에 대해서 알아보라고 지시한 적이 없었다.

그런 명령을 받은 적도 없는 도호반과 사라달이 그런 일을 했을 리가 없는데도 화운룡은 그렇게 물었다.

도호반과 사라달이 그런 일을 했다면 순전히 화운룡이 천황파를 물리쳐 줄 것이라는 기대에서였을 텐데 화운룡은 그런 약속을 이들에게 한 적이 없었다.

사라달은 공손히 고개를 숙였다.

"신군께서 지시하셔서 조사를 하고 있었습니다."

"잘했다."

사라달이 일어나서 실내 한쪽에 있는 서탁 쪽을 쳐다보았다. 화운룡이 무형막을 전개했다면 서탁 있는 곳까지 갔다가 와도 괜찮으냐는 몸짓이다.

화운룡이 고개를 끄떡이자 사라달은 서탁으로 가서 책자 한 권을 잡더니 책갈피 사이에 끼워 있는 종이 한 장을 갖고 돌아와 화운룡에게 공손히 내밀었다.

"동천국과 본신국만 조사했습니다."

화운룡은 종이를 받아서 펼치고 거기에 빼곡하게 적혀 있는 글을 읽으면서 물었다.

"도호반은 감금되었느냐?"

"그렇습니다."

"음, 탈출할 수 없는 것이냐?"

"연금(軟禁)되셨습니다."

연금이란 신체의 자유는 속박하지 않고 외부와의 접촉만 금한 상태를 뜻한다.

"도호반을 대신해서 연금되어 있을 믿을 만한 수하가 있느냐?"

사라달은 씁쓸한 표정을 지었다.

"감시하는 자가 수시로 확인합니다."

"수하의 모습을 도호반으로 변장해 놓으면 될 것이다."

"변장을……."

"도구를 사용하지 않고 수하의 얼굴과 체형을 도호반과 똑같이 만들 수 있으니까 염려하지 마라."

"아… 알았습니다."

사라달이 문 쪽을 쳐다보자 화운룡이 말했다.

"굳이 그럴 필요까지 없다. 감시자들의 심지를 제압해 두면 될 것이다."

"하오면……."

"그러면 우리가 지시한 내용만 기억하고 있을 것이다."

"아……."

사라달은 감탄하는 표정으로 화운룡을 바라보았다. 예전에도 그랬었지만 이 잘생긴 청년과 같이 있으면 끝없이 감탄하고 존경하게 되는데 그것은 지금도 변함이 없다.

"여기……."

화운룡이 읽고 있는 종이에서 한 곳을 손가락으로 짚으며 묘한 표정을 지었다.

"율타와 해화가 천황파더냐?"

사라달은 적잖이 놀랐다.

"천황 제자를 알고 계십니까? 아닙니다. 그분들은 감금되었습니다. 별(別)자로 분류한 사람은 감금되었거나 좀 더 조사가 필요한 인물들입니다."

화운룡은 종이를 접어 사라달에게 주었다.

"율타와 해화가 어디에 있는지 아느냐?"

"이곳 뇌옥에 감금되었습니다."

"어째서 그들은 감금되었느냐?"

동절내신군 도호반은 연금되었는데 율타와 해화는 감금되었다고 한다.

"신군께선 천황에 대해서 충성을 맹세하지 않으셨을 뿐이지 극렬한 반대 세력은 아니십니다. 그러나 두 분 천황 제자는 천황을 죽이겠다고 서슬이 퍼래서 날뛰시기에 무공이 폐지된 후에 감금되신 것입니다."

"무공이 폐지됐다고?"

사라달은 처연한 표정을 지었다.

"꼴이 말이 아닙니다."

화운룡은 도호반이 연금되어 있는 동천내절대공전 내의 그의 거처로 향했다.

그곳은 한적한 후원의 따로 뚝 떨어진 별채인데 사라달 말로는 도호반을 비롯한 그의 가족이 생활하는 곳이라고 한다.

사라달은 화운룡을 보면서 놀라움, 아니, 경악을 금하지 못하고 있다.

사라달은 도호반이 있는 곳을 향해서 경공을 전개하여 달리고 있지만 화운룡은 뒷짐을 진 자세로 우뚝 서 있으며 두 발이 땅에서 한 자쯤 허공에 뜬 상태에서 미끄러지듯이 전방으로 진행하고 있다.

사실 그런 것은 공력이 반박귀진에 이르기만 하면 누구라도 보여줄 수 있는 행동이지만 화운룡은 그 이상의 신기를 보여주고 있는 것이다.

우선 화운룡에게서는 일체의 기척이 나지 않았다. 미약한 파공음은 물론이고 달빛에 의해서 바닥에 생겨야 할 그림자조차도 없었다.

또한 화운룡 옆에서 나란히 달리고 있는 사라달은 그의 모습이 보였다가는 사라지고 그렇게 한동안 보이지 않다가 다시 나타나는 과정을 지켜보다가 마침내 한 가지 놀라운 깨달음을 얻었다.

'맙소사… 선경(仙境)에 드셨다…….'

그 순간 사라달은 화운룡이 인세(人世)가 아닌 선경에서 달리고 있음을 깨달았다.

도호반이 연금되어 있는 별채가 저만치 이십여 장 전방에 모습을 드러냈다.

별채 입구에 두 명의 고수가 서 있는 모습이 보이자 사라달이 말했다.

"전하, 어쩌시겠습니까?"

그러나 화운룡은 대답하지 않고 두 명의 고수를 향해 곧장 미끄러져 갔다.

그러자 사라달은 걱정하지 않고 화운룡 옆에서 나란히 쏘아갔다. 화운룡이 하는 일은 백무일실(百無一失) 하나도 실수가 없음을 알기 때문이다.

그러나 화운룡은 별채 입구를 지키는 두 명의 고수 사이를 그냥 지나치면서 말했다.

"이들에게 어떻게 해야 할지 알려주어라."

"……."

사라달은 두 명의 고수가 이미 심지가 제압됐음을 깨닫고 적잖이 놀랐다.

그는 화운룡에게서 줄곧 시선을 떼지 않고 있었는데 그가 손을 쓰는 것을 전혀 보지 못했다.

그런데 그는 어느새 두 명의 고수를 제압, 아니, 몸이 아니라 심지를 제압한 것이다.

사라달은 그 즉시 멈춰서 두 명의 고수에게 조용한 목소리로 말했다.

"너희들이 할 일을 말해주겠다."

두 명의 고수가 두 손을 앞에 모으고 공손히 경청하는 태도를 보이자 사라달은 그들의 심지가 제압됐음을 이윽고 확인하게 되었다.

사라달이 두 명의 고수에게 할 일을 일러주고 다시 신형을 날릴 때 화운룡의 모습이 보이지 않았다.

사라달이 대전 입구에 서서 두리번거리는데 화운룡이 그의 앞에 서 있는 것을 발견했다.

그것은 마치 화운룡이 처음부터 앞에 서 있었는데 사라달이 딴청을 피우고 있는 것 같은 분위기였다.

"여덟 명 모두 심지를 제압하여 평소와 다름이 없다는 기억을 심어주었다."

"자… 잘하셨습니다."

화운룡이 잠깐 사라졌는지 아닌지도 모르고 있는데 어느새 감시자 여덟 명의 심지를 제압하고 기억까지 심어주었다는 것이니 놀라야 하는 것인지 어찌해야 할지 사라달로서는 귀신에 홀린 것만 같았다.

척!

사라달이 대전의 문을 열어주었다.

"들어가십시오."

화운룡과 사라달이 대전 안으로 들어가서 몇 걸음 나아갔을 때 어느 방문이 열리고 한 사람이 나왔다.

컴컴한 대전 안이지만 화운룡과 사라달은 그가 도호반이라는 것을 한눈에 알아보았다. 그는 바깥에서 뭔가 기척을 느끼고 나온 것이다.

도호반 역시 화운룡을 알아보고는 크게 놀라서 그 자리에 굳었다가 무너지듯이 부복했다.

"전하, 어서 오십시오……!"

스으…….

도호반은 바닥에 손과 무릎을 대지도 못한 채 몸이 펴져서 일으켜졌다.

"갈 곳이 있다. 따라나서라."

도호반은 반가움을 억누르고 허리를 굽혔다.

"따르겠습니다."

도호반이 쳐다보자 사라달이 의미심장한 표정을 지으며 보일 듯 말 듯 고개를 끄떡였다.

도호반은 그것을 '때가 됐다'라고 받아들였다.

그긍…….

묵직한 철문이 열리고 안쪽에서 쾨쾨한 냄새가 진동하며 풍겨 나왔다.

심지를 제압당한 고수가 지하로 줄곧 안내했다.

저벅저벅…….

어둡고 음습한 차가운 돌바닥 위를 걸어가는 고수의 발자국 소리가 외롭다.

화운룡과 도호반, 사라달은 묵묵히 뒤따르지만 일체의 기척이 나지 않았다.

이윽고 고수가 어느 철문 앞에 멈추었다.

"여깁니다."

"열어라."

그긍!

고수가 뇌옥의 철문을 열자 화운룡이 망설임 없이 안으로 성큼 들어섰다.

『와룡봉추』21권에 계속…